AF450928

Rodolfo Rangel

La verdadera virgen

EDIQUID

LA VERDADERA VIRGEN
© Rodolfo Rangel, 2021
Editado por: Corporación Ígneo S.A.C.
para su sello editorial Ediquid
Av. Arequipa 185 1380,
Urb. Santa Beatriz. Lima - Perú
Primera edición, julio 2021

ISBN: 978-612-5042-01-9
Impresión bajo demanda

Hecho el Depósito Legal en la Biblioteca Nacional del Perú N° 2021-06814
Se terminó de imprimir en julio del 2021 en:
ALEPH IMPRESIONES SRL
Jr. Risso Nro. 580
Lince - Lima

www.grupoigneo.com
Correo electrónico: contacto@grupoigneo.com
Facebook: Grupo Ígneo | Twitter: @editorialigneo | Instagram: @grupoigneo

Diseño de portada: Oriana Vargas
Corrección: Marcos González
Diagramación: Gerardo Hernández B.
Colección: Nuevas voces

*A toda mi familia, sin cuya crianza,
cariño, educación y amor esto no
hubiera sido posible.*

Contenido

I

Dimos vuelta a la derecha, donde está la tienda Comex de la avenida Tenayuca, ya para llegar a casa. Eran las 6:00 p. m. cuando el carro entró en la calle Villahermosa de nuestra colonia. Yo iba al volante, ya cansado, mi papá en el asiento del copiloto y mi hermana en la parte de atrás.

Este 10 de diciembre había sido un día bastante arduo, pero solamente nos faltaba un día para salir de vacaciones. Aunque la «nueva normalidad» se hacía algo difícil, las actividades económicas habían vuelto casi a la cotidianidad. A pesar de que técnicamente estábamos en semáforo verde, las muertes por el virus SARS-CoV-2 se habían duplicado desde agosto, llegando en el país a poco menos de 100 000.

Tanto la Secretaría de Educación Pública como la UNAM aplicaron, a mediados de octubre, un programa semipresencial en el que una parte de la población estudiantil acudía a los planteles la mitad de la semana y los demás tomaban los temas correspondientes en línea. Mi hermana Rebeca y yo debíamos asistir jueves y viernes.

Pasamos un par de topes en la calle hasta que vi la parte trasera de la iglesia de la parroquia de Nuestra Señora de Guadalupe. Desde la esquina por donde cruzaba el carro se tenía a la vista la imagen de piedra que exhibía a la Virgen de Guadalupe, posiblemente la mujer más querida y conocida en todo México.

La escultura de color rosa, tallada con gentileza, se distingue por el vestido, su verde manto estrellado, así como por sus detalles faciales y los de Juan Diego en la parte inferior. Tal como se la representa en las pinturas, la obra tiene los rayos del sol tallados en forma de halo puntiagudo con estrellas rosas en él. Es una pequeña pieza de arte bien conservada a pesar de los años que tiene el templo de haber sido construido.

Llegamos a casa después de pasar el hospital que fue deshabilitado luego de las fracturas inmensas que sufrió el complejo durante el temblor del 19 de septiembre de 2017. Entramos, nos lavamos las manos y nos quitamos el cubrebocas.

Mi madre llegó poco después. Tanto Rebeca como yo habíamos terminado la tarea y cenamos los 4 un poco de leche y pan. Al rato, subí a mi cuarto y me dispuse a dormir. Al cerrar los ojos, pude ver aún esa pieza de arte religioso, producto del mestizaje en nuestro país; a pesar del dolor que este, al inicio, pudo representar.

Me dormí, sin tener idea de todo lo que pasaría al día siguiente.

II

A la mañana siguiente, mi papá nos llevó en auto a la secundaria de mi hermanita, en la colonia Lindavista, cerca de un punto de la Av. Insurgentes Norte entre Indios Verdes y 18 de Marzo. Llegamos ahí a un cuarto para las siete debido a las copiosas peregrinaciones hacia la Basílica de Santa María de Guadalupe (a la mañana siguiente era día de las Lupitas). Yo me fui caminando hacia mi escuela, a lo largo de medio kilómetro, por Insurgentes.

En el cruce correspondiente a la Av. Montevideo subí un puente de color verde metálico, desde donde me golpearon los rayos de luz de un nuevo día, así como una vista increíble del concurrido cruce. Además, desde ese puente distinguí la parte más alta de la basílica, la cruz que la corona y su caprichosa arquitectura verde *aqua*, análoga al manto del firmamento de la Virgen.

Me acomodé el cubrebocas y seguí.

Los viernes, mis sesiones de clase iniciaban con italiano a las ocho de la mañana. Desde la entrada con barrotes amarillos de la Prepa 9 crucé frente al auditorio principal, luego giré a la derecha, me fui por debajo del edificio B, dejando a un lado las oficinas de servicios escolares, y pasé por el patio de las mesas de ajedrez enfrente del edificio E. Únicamente hay seis de ellas, casi siempre ocupadas, de concreto pintado de azul con tableros dicromáticos incrustados en el centro.

Antes de toparme con los edificios F me encontré el espacio vacío donde por décadas un atlante de Tula de plástico había ocupado un lugar conmemorativo para los alumnos de este bachillerato. Se le decía Tótem, de cariño, y se le aventaban monedas desde el segundo piso con la esperanza de que su espíritu ayudara a pasar las materias. Nunca pasaba, al menos no estoy convencido de ello.

Todo eso terminó durante el paro iniciado el 12 de noviembre en el plantel 9 de la Escuela Nacional Preparatoria. Después de algunas semanas la huelga perdió su verdadero cauce, el de erradicar el acoso y el abuso escolar, para llegar al vandalismo: el tótem fue partido en dos. Los gastos por los destrozos en el plantel, junto con los de los diversos planteles de la UNAM, llegaron a tocar las siete cifras en moneda mexicana. Se sospecha que hubo influencias políticas en las manifestaciones ocurridas a lo largo de los planteles, principalmente por la reelección del rector de turno y las tensiones entre diversos funcionarios con el nuevo presidente de la república.

Es un capítulo oscuro de la comunidad estudiantil actual, y como memoria conservamos la ausencia del símbolo preparatoriano.

Llegué al edificio H ubicado en la parte derecha del plantel, a la izquierda de los laboratorios LACE, donde se llevan a cabo proyectos de investigación y se encuentra la estación meteorológica. Al llegar al salón H-8 me topé con Andrea Leonor y su amigable sonrisa debajo de su cubrebocas. Ella tenía 16 años en ese entonces, complexión delgada, no más de 1.65 de altura, ojos color café claro y cabello castaño que le rebasaba un poco los hombros. Encontré también a varios alumnos del 502 con los que ella convivía diariamente. No era mi grupo base, solo la conocía a ella.

—¡Hola, Andy! ¿Lista para el último día de clases? —le pregunté, saludándola de lejos con mi mano. Los saludos habían cambiado mucho desde hacía unos meses. En situaciones no pandémicas le habría dado un beso en la mejilla.

—¡Hey, Rod! —me saludó, mientras se volvía con su suéter aterciopelado de color rosa y su pantalón negro de mezclilla—. No tanto, el sistema semipresencial ha sido un poco duro para todos desde hace pocas semanas. Sin embargo, es un alivio que sea nuestro último día; pero te voy a extrañar.

—Ni que lo digas, yo también Andrea, pero regresaremos muy pronto, solo son tres semanas. ¿Hoy a qué hora sales? —pregunté con bastante interés.

—A las 4 p. m. quiero terminar un par de pendientes que tengo para no llevarme tantos proyectos a las vacaciones decembrinas.

—Yo también salgo por ese horario después del entrenamiento. ¿Nos vemos a la salida y nos damos el abrazo de despedida, Andrea? —sugerí.

—Me encantaría. Ahí nos vemos —me respondió felizmente.

—Respecto a las vacaciones, te llamaré durante ellas o incluso nos podremos reunir en algún momento.

—Te voy a llevar a una feria para subirte a un juego que te coloque de cabeza —dijo riéndose, pues sabe que siempre me han dado pánico esos juegos. Acto seguido, sacó su cuaderno. La maestra Hilda, de italiano, llegó.

III

Mi jornada académica después de la clase de italiano fue relativamente tranquila, puesto que este era el último día. Del salón H-8 me fui a unos salones construidos en el pasado lustro, apodados los «gallineros» y llamados realmente los edificios I. No era precisamente el olor lo que les otorgaba el nombre, sino su aspecto de paralelepípedo con techo ligeramente inclinado y su ubicación en medio del patio.

Me despedí de Andy y ella se fue a su clase de Historia, la asignatura que impartía la maestra Verónica Cordero. Es muy buena profesora, amable, trabajadora, gentil, profesional, dedicada, con lentes cuadrados, pelo oscuro de campana y de unos 50 y tantos años. Normalmente, en los días fríos, traía su representativa gabardina de color rojo, por la que se le distinguía entre otros maestros.

Al tiempo, yo entré a los gallineros y me encontré con Clara Ayala, sentada a unas 4 bancas del escritorio del profesor. Traía un cubrebocas rosa y al saludarle pude ver arrugas de alegría en sus ojos marrones, mientras yo sentía algunas en los míos. Le saludé de lejos, tal como con algunas otras personas que había saludado ya hoy. No se puso de pie, por lo que su cabello café claro, ligeramente mojado, apenas se movió.

Atrás de mí llegó Luis Nava, me lanzó un saludo y me volteé para devolvérselo. Su apariencia era muy noble, con sus lentes, cubrebocas verde, cabello corto y un metro sesenta y pico centímetros. Antes de sentarse se ató sus tenis, buscó algo en la bolsa de su pantalón gris y, al no encontrarlo, continuó su búsqueda en la sudadera roja. Cuando halló su tesoro, se me antojó, yo igual quería un dulce de miel como el que ingirió.

A los minutos de nuestro encuentro, la mitad de los alumnos del grupo 623 estaban ya en sus bancas y al entrar el fornido maestro de física saludó a todos sus pupilos con cubrebocas de diversos colores. Éramos 15 en el salón, pues por regla sanitaria no debían venir todos a las instalaciones. Faltaron Alma y Pablo, amigos de Clara, de Luis y míos. También noté la ausencia de Jazmín, Edith y Miriam. Seguro que faltaban más pero no recordaba quiénes.

Posterior a la clase de dos horas de física, tuvimos dos de matemáticas. El último día de la semana puede ser ligeramente tedioso al ver tantas letras y números enfrente de ti.

Al mediodía terminaron las clases que Luis y yo debíamos tomar, pero a Clara y a buena parte del salón les faltaba una hora de academia, de inglés.

—Nos vemos Luis, que tengas unas increíbles vacaciones —dijo Clarita, abrazándolo—. Tú y yo, Rodo, nos vemos en el entrenamiento, ahí te doy un último abrazo —me dijo con su sensible voz, mientras se retiraba hacia los gallineros nuevamente y su cabello y blusa azul danzaban con el viento.

Luis y yo teníamos un poco de comida. Las clases corridas no daban muchas oportunidades de comer, por lo que nos brillaron los ojos a ambos cuando sacamos nuestro alimento de las mochilas y nos sentamos en una jardinera del patio del edificio E, cerca de una de las mesas de ajedrez.

—¿Qué tienes planeado para este último día, Luis? —le pregunté, con el cubrebocas abajo, poco antes de morder mi sándwich.

—Areli sale hoy temprano, voy a disfrutar las últimas horas con ella. Me ha atraído desde hace ya muchos meses, pero no he logrado que se fije en mí por completo. Tú, me imagino que estarás en el entrenamiento y despidiéndote de todos ellos —me respondió, y luego mordió su torta de huevo con chorizo.

—Suerte con ella, algún día serás tan feliz con ella como si comieses chocolate durante horas —recordé a esa jovencita de tez blanca, ojos claros, de aproximadamente un metro setenta y cinco centímetros, con sus juguetonas maneras; no era sorpresa que mi amigo se haya fijado en una chica bastante guapa.

—Y respecto a mí, sí, me despediré de Clara y de los chicos de esgrima. Después de eso, veré a Andy para despedirme de ella con un abrazo muy fuerte.

—¿Cáceres? —me preguntó Luis por Andrea, que era a quien él conocía del año escolar pasado.

—No, no. Andy Leonor, a ella creo que no la conoces más que de oído.

—Ya deberías invitarla a salir más formalmente —me dijo en tono burlón.

—Yo te digo lo mismo de Areli —contesté con un poco de ironía.

IV

Después de terminar nuestro almuerzo, nuevamente Luis se colocó su tapabocas verde y yo el mío blanco, correctamente. Saqué mi teléfono y miré la hora: 12:55. Tenía poco menos de una hora para entrar al entrenamiento, por lo que empezamos a caminar con nuestras mochilas a nuestra espalda. Seguimos comentando nuestros planes para las vacaciones, para Navidad y este inicio de década. Realmente no eran muy espectaculares o glamorosos, mas sí entretenidos y sinceros.

Al cabo de 15 minutos, nos encontramos con Miranda Lailson enfrente de la biblioteca del plantel. Nos saludó muy enérgicamente, a unos cinco metros de distancia, al vernos. Ella y nosotros habíamos cursado juntos el penúltimo año de preparatoria. Su sonrisa blanca estaba cubierta por un cubrebocas naranja y, a pesar de ello, se le veían ojos alegres. Estaba bastante feliz. Conforme nos acercábamos Luis y yo, me golpeó el pensamiento de que puede que hubiera olvidado un poco cómo era físicamente: complexión delgada, tez similar a la mía, altura de un metro cincuenta y seis y cabello de campana (que, en perspectiva, se parecía ligeramente al de Lord Farquaad, en la película *Shrek*). Además, traía una blusa de flores naranjas en un fondo negro, un pantalón azul y una ligerísima chamarra verde.

—Luis, Rodo, ¿cómo están? Tenía semanas que no los veía. ¿Están emocionados por el periodo vacacional? —saludó, muy amablemente.

—Sí, ya estamos listos; ¿y tú, Miranda? —respondió Luis.

—Súper, Miranda, un gusto verte —dije yo.

—Bien, de hecho, me reuniré con los πtu2 en una hora. ¿No desean venir? —inquirió Miranda.

Durante los semestres pasados, nuestro grupo había adquirido ese nombre; son muy buenas personas y amigos que espero conservar toda la vida. Respecto a la denominación, nunca supe su origen.

Luis le comentó sus planes con Areli, mientras que yo le dije que le había asegurado a los de esgrima y a Andy despedirme de ellos. Miranda contestó que ya se presentaría otra oportunidad y comenzamos a vagar por el plantel nuevamente.

Después de pasar por el edificio B, cerca del pórtico, hallamos a la profesora de historia con su típica gabardina de color rojo. Ella llevaba puesta una careta con una película transparente y, tras ella, un cubrebocas blanco.

—Profesora Cordero, ¿cómo se encuentra? —saludé.

—Muy bien, Rangel, ¿qué me dicen ustedes, Lailson y Nava? —contestó. Me asombré al notar que aún se acordaba de nuestros apellidos; otros profesores simplemente nos hubieran llamado usted y ustedes.

Tanto Miranda como Luis le mostraron su plenitud del momento y luego ella respondió:

—Quizás la nueva modalidad puede ser algo compleja, pero hay que adaptarse. Por otro lado, no creo que sea tan enrevesada como la odisea que viviré en el tráfico de regreso a casa: todos los peregrinos a la Basílica de Guadalupe están inundando las calzadas, avenidas y calles de la capital. Imagino que a ustedes les tocaron algunos grupos cuando venían a la prepa —agregó la profesora.

Los tres asentimos, este año la cantidad de peregrinos era astronómica.

—Hace tres años fue el temblor del 19 de septiembre. Se registró la máxima cantidad de fieles que ha tenido el templo: National Geographic reportó casi 7,2 millones. La crisis provocada por el temblor en la metrópoli y en algunos municipios de Morelos y Puebla, así como los daños en los estados costeros del país provocados por los huracanes Irma y Katia (y otros más), la creciente notoriedad de la incompetencia y corrupción del presidente y el partido de turno; los famosos gasolinazos, una deuda externa creciente a los $10 000 000 000 y tantos otros sucesos pudieron haber disparado la cantidad de peregrinos que querían pedir a la Virgen de Guadalupe —comentó la maestra.

—Eso puede aplicarse también para este año. La pandemia de coronavirus ya lleva más de una centena de miles de muertos y muchos negocios pequeños se han visto afectados, aunque mucho menos que la macroeconomía —enriqueció Miranda.

—Podremos esperar una gran cantidad de peregrinos este año, comparable incluso a la que se presentó hace solo 3 años. Solo espero que traigan cubrebocas y tengan las medidas sanitarias necesarias —añadió Luis.

—Exactamente, una gran parte de la población mexicana aún se encomienda en tiempos difíciles a su diosa madre, la Virgen de Guadalupe, y a Dios, pero no se muestran tan agradecidos con ambos cuando les va mejor. Respecto a lo de «sana distancia», podría decirles que será difícil ver a la población así —la historiadora hizo una mueca de decepción en ese momento—. Bueno, chicos, me encantó hablar un poco con ustedes después de este último día, pero me debo ir antes de que el tráfico se incremente en el periférico —la profesora Verónica se despidió de nosotros y nosotros de ella. Fue caminando hasta los pasadores de la entrada de la preparatoria que dan a la Av. Insurgentes y desapareció de nuestra vista.

Saqué mi celular nuevamente para checar la hora: 1:45. Se me hacía algo tarde para mi entrenamiento. Intenté despedirme de Miranda y de Luis con un fuerte abrazo, pero ellos se hicieron para atrás: —Pandemia, no lo olvides —me dijo Luis. Sonreí, añoraba un abrazo desde hacía tiempo, mas la situación no se prestaba para esto. Alzando la mano derecha me despedí.

Me di media vuelta, los dejé y me dirigí al claro junto a la alberca de la preparatoria donde entrenábamos.

V

Entrenar con cubrebocas es agotador, mucho más que lo que ya es hacer ejercicio. Por suerte, terminamos alrededor de las 3:30 y nos dispusimos a comer un pequeño pastel que la entrenadora trajo para nosotros. A Ángel se le iluminaron los ojos y Melissa, después de bajarse su cubrebocas azul celeste, pasó su lengua por los labios. Todos nos descubrimos el rostro y comimos, reímos y hablamos de nuestros planes para las fiestas. Clara era la que tenía planes más prontos: ella iría ese mismo día en la tarde noche a la Basílica de Guadalupe, tomaría fotos y comería tamales en alguno de los montones de puestos que pueden llegar ahí. Solo la entrenadora le advirtió del riesgo sanitario que eso podría representar, mas Clara, con seguridad, la consoló afirmando que usarían todas las medidas necesarias.

Después de despedirnos todos con cariño y abrazos (admito que no debimos hacerlo, pero yo ya ansiaba algo de afecto físico), salimos de la zona de la alberca y llegamos al edificio H a través de los vestidores. En la parte extrema del edificio vi a Andrea Leonor. La reconocí por su cubrebocas morado, el suéter rosa y su inconfundible cabello. Le grité para que me viera, y por suerte me escuchó. Acto seguido, me despedí cordialmente de la entrenadora y de todos los del equipo para irme con Andrea. A unos pasos de ella, en la parte opuesta del pasillo, se escuchó el «¡Wuuuuuuuuu!» al unísono de todos a quienes había dicho adiós. «Es de esperarse», pensé irónicamente al sonreír para mí, pues era costumbre entre los de esgrima cuando veíamos a un compañero con otra persona.

Al llegar al final del pasillo del edificio H nos abrazamos, aunque tuvimos un poco de dificultad por las mochilas que ambos portábamos. A mi lado derecho se podía ver el resto de la prepa y al contrario los Laboratorios LACE.

Nuestra solitud duró apenas unos instantes después del abrazo. Pocos segundos después, Luis me gritó desde mi derecha y se acercó a nosotros.

—Luis, qué gusto —alcancé a decir, aunque tenía sentimientos encontrados acerca de qué tan oportuno era su arribo en aquel momento—. Ella es Andrea Leonor, va en el 502, nuestro antiguo grupo.

Luis y Andrea se saludaron cordialmente, se presentó él brevemente ante ella y viceversa.

Luego de las introducciones, vi pasar a Miranda cerca del edificio H y ella nos divisó desde unos diez metros de distancia. Nos saludó, gritando entusiasmada, con sonidos un poco debilitados por su cubrebocas naranja. Al igual que hice con Luis, introduje a Andy y luego se presentaron una a otra.

Quedamos platicando 15 minutos juntos sobre el último día de clases de Andrea, el encuentro de Areli y Luis, la comida cerca de la prepa de Miranda con los πtu2, así como del pastel que compartí con los de esgrima. En ese momento me dio bastante sed y tomé mi botella azul de un lado de mi mochila: vacía. Me acordé que en las instalaciones de la UNAM, a mi izquierda, a unos cuantos metros de los laboratorios, debajo de un árbol, había una estación Pumagua, un bebedero con agua potable. El dispositivo de aluminio, con un rótulo negro, tiene alrededor de 1,2 metros de altura.

—Chicos —les dije—, voy a ir por un poco de agua a aquel Pumagua, ¿me acompañan? —agregué, señalando el dispensador. Todos me dijeron que sí; un par de pasos hasta el árbol y coloqué mi botella para llenarla.

Una vez llena, me volteé y les pregunté qué harían ahora antes de irse a casa, pero antes de que pudiesen contestarme, vi algo extraño en el ídolo que está a unos metros en un pasillo sin salida opuesto al bebedero. Era algo indescriptible, parecía un espejismo, la imagen se distorsionaba y podría decir incluso que había interferencia para observar bien la representación de aquel numen que estaba en el pasillo. Recordaba haber visto una estatua de Nuestra Señora de Guadalupe en ese lugar, hecha de piedra rojiza y de no más de 60 cm de altura.

Sin embargo, en ese momento parecía que el espacio mismo alrededor de la estatua se metamorfoseaba y, con él, se revolvía el aire que la circundaba.

VI

Inmediatamente, mi boca empezó a abrirse un poco (aunque no era completamente notorio por el tapabocas blanco), mis ojos lo hicieron al máximo y mis pupilas se dilataron. Miranda, Andrea y Luis se asustaron levemente por mi expresión y voltearon al instante en dirección adonde miraba. Ellos también lo observaron.

Nos empezamos a acercar como hipnotizados, la curiosidad y la admiración por ese hecho paranormal crecían a cada paso que dábamos en ese pasillo. No había nadie próximo en ese momento, éramos los únicos.

El pasillo era de concreto, de unos 2.5 metros de ancho, pero cerca de un metro estaba ocupado a la derecha por una jardinera llena de margaritas, cunas de Moisés, citronela, moneda y otras plantas que no recuerdo. Además, estaba ligeramente iluminado hasta el final del pasillo por un domo azul cristal que estaba sobre nosotros.

La distorsión de las imágenes se hacía más intensa a medida que la distancia entre «eso» y nosotros se reducía. Los cabellos de Andy y Miranda comenzaron a revolotear. Desde el espectáculo que teníamos enfrente empezó a emanar un brillo increíble, de color blanco, tan cegador como acercarse a una estrella.

Estábamos solo a unos cinco pasos de aquel espectro o mágica visión, cuando la luminiscencia del objeto nos obligó a cerrar los ojos. Fue como ver el sol al despertar por la mañana sin estar preparado. Todos emitimos un grito agudo bajo nuestros cubrebocas y fuimos cegados.

Pocos segundos después abrí los ojos y mi vista era aún borrosa, frente a mí podía ver algo como un ángel. No tenía aureola, pero su cuerpo emitía una radiación; tampoco tenía alas. Era una mujer, bueno, una jovencita, al menos así se veía su rostro. Pensé por un momento que había muerto y estaba en el empíreo, frente a la Virgen María, frente a Eva, Rebecca, Judith, Esther; alguna mujer indispensable o beata necesaria para la religión católica. Al momento lo descarté, pues no soy lo suficientemente santo como para ir a ese círculo del paraíso; ni siquiera sé si San Pedro me dejaría entrar.

Conforme fui recuperando los sentidos, escuché un gemido de dolor de Miranda; vi también el domo azul que recubría el pasillo y hojas de algunas de las plantas que se encontraban atrás del luminoso ente que flotaba ante nosotros.

Cuando recuperé mi cordura completamente, a los quince o veinte segundos, dirigí mi vista a Andy, Luis y a Miranda, recuperándose del suceso que acababa de afectar nuestras retinas. Ellos estaban en orden, quizás ligeramente despeinados, e imagino que yo estaba igual.

Miré al frente y quedé estupefacto. No podía ser verdad. «Yo soy un hombre de ciencia», pensé. «Esto no es posible», me repetí. Levitaba frente a nosotros de modo que su figura comenzaba a un metro treinta centímetros de altura y su rostro alcanzaba los dos metros ochenta de altitud. Llevaba una vestimenta jamás usada por ningún humano y tenía un rostro encantador que emanaba cariño, amor, miedo y angustia al mismo tiempo; inexplicable, hermoso, gentil y, a mi parecer, inconcebible.

En mi desesperación por no saber qué decir, hacer ni pensar, me arrodillé ante aquella angelical visión. No era yo el único confundido, aturdido y maravillado, mis amigos parecían estatuas de sal con cubrebocas. Al ver que yo me arrodillaba ante ella, me imitaron. Ya todos en el suelo, mi boca solo dejó escapar una palabra penitente: Tonantzin.

VII

Tonantzin, nuestra Madre, en náhuatl, según la mitología mexica era la madre de los dioses, protectora de los hombres; daba vida y muerte. Sin embargo, aún en el presente, sigue siendo un numen misterioso, puesto que parece ser una designación para varias deidades femeninas, entre las que muchos historiadores identifican a Coatlicue, Centeotl, Omecihuatl o algunas otras divinidades; aunque principalmente se la nombra Tonantzin.

Gran parte de la información y del patrimonio prehispánico se perdió durante la sangrienta conquista española y las primeras décadas del Virreinato, ya que los conquistadores de México (y de gran parte de Latinoamérica) no solo ansiaban obtener recursos, riquezas, esclavos y territorios, sino también la evangelización de la población nativa. Por eso innumerables estatuas fueron destruidas, miles de códices quemados, centenares de templos destruidos para la creación de iglesias católicas, haciendas o ayuntamientos de la Nueva España. El clero hispano y novohispano fue determinante en este aspecto. Por ejemplo, fray Juan de Zumárraga reunió libros pictográficos indígenas de México-Tenochtitlán y Tlatelolco de las diversas *amoxcalli,* literalmente casas de libros, para incinerarlos en una pila que debió arder poco más de una semana.

La información disponible actualmente fue posible mediante los restos arqueológicos conservados por diversos indígenas de manera clandestina y también porque algunos frailes y conquistadores se dieron cuenta de la necesidad de preservar conocimientos, historia, mitología, así como la verdad sobre las culturas mesoamericanas. Con este propósito, se escribieron varios códices dictados a los religiosos literatos por la población nativa convertida, puesto que principalmente el conocimiento indígena se transmitía a través del habla.

Respecto a la diosa que más similitud tiene con Tonantzin, Coatlicue, una estatua pétrea suya fue salvada de la «casa negra», es decir, su antiguo templo en el Templo Mayor o Huey Teohcalli, en la capital del imperio mexica. Hoy se encuentra en el Museo Nacional de Antropología e Historia.

Ese ídolo de 3.5 metros de altura y cerca de 3 toneladas de peso es escalofriante y, a la vez, fascinante. La escultura tiene por cabeza 2 serpientes encontradas; de ella cuelga un collar de manos y corazones humanos con un cráneo de hombre en el centro, joyería que le oculta parcialmente los caídos senos que usó para amamantar a todos los dioses. En su cintura, una serpiente bicéfala sostiene una falda hecha de serpientes entrelazadas, bordada por cascabeles que producían la lluvia y denotan fertilidad. La representación no posee extremidades humanas, sus pies son garras de águila, lo que la relaciona directamente con su hijo Huitzilopochtli. Su cabello le cuelga en 13 trenzas a su espalda, adornadas con cuero rojo y 13 caracoles que representan los 13 cielos que existen en la mitología mexica, así como los 4 periodos (compuestos por 13 años) que forman parte del siglo mexica. Finalmente, en la base de la figura se encuentran los dos señores del Mictlán: Mictlantecuhtli y Mictlancihuatl.

La diosa que estaba frente a nosotros era muy similar, compartía casi todas las características que tiene la estatua del museo. Sin embargo, tenía cabeza humana: su tono de piel era similar al mío y al de Miranda, aunque tal vez ligeramente más morena; ojos color café oscuro, nariz y boca comparables con las de muchos mexicanos (medianos y de facciones no tan pronunciadas), y un cabello color chocolate oscuro. Tenía brazos y manos, a pesar de que sus pies realmente eran colosales garras de águila. Tampoco le acompañaban los señores del Mictlán.

Tonantzin dio un paso al frente y sus cascabeles sonaron al instante. Al tiempo, sus coletas se balancearon y alcancé a ver los caracoles que las ornamentaban. Nosotros permanecíamos arrodillados, sin habla, esperando una señal; más movimientos, tal vez, algunas palabras suyas. Nos invadía el miedo, pero también la curiosidad.

—*Macamo xinechmahuipican, nococonehuan*[1] —se movieron sus labios.

Volteamos a vernos mis amigos y yo, pues no entendimos nada.

—¿Qué nos dijo? —les murmuré.

—No lo sé, parece náhuatl —me contestó Andy, susurrando.

—*Oniquihtoh ca manen annechmahuipihtin, nococonehuan*[2] —dijo Tonantzin una vez más, por lo que nos volteamos hacia ella.

Giré mi cabeza hacia mis amigos una vez más y pude ver, aun debajo de sus mascarillas, que estaban tan confundidos y relativamente asustados como yo.

La única palabra que reconocí en ambas expresiones fue *coconeh*, que podría significar «hijos».

La miramos en silencio, sopesando qué debíamos hacer ahora. Teníamos la certeza de que ella no hablaba español, empero, lo entendía. El problema aquí era que nosotros no hablábamos náhuatl, solo teníamos idea de algunos sustantivos, pero no más.

En lo personal, me sentí un poco triste. La impotencia me resultaba algo aterrador, así como la incertidumbre. La imposibilidad de comunicación con la diosa me dio una idea de

---

1   Por favor, no me tengan miedo, hijos míos.
2   Dije que no me tengan miedo, hijos míos.

cuán rezagado está el náhuatl y las otras más de 68 lenguas indígenas que se hablan en México, algunas de ellas cerca de extinguirse.

Bajo mi tapabocas, con la vista hacia Tonantzin, hice una mueca de tristeza. Ella me devolvió la mirada y comprendió que ninguno de los cuatro hablaba náhuatl.

VIII

Miranda fue la más valiente. Se levantó y dijo a Tonantzin:

—Tonantzin, espero que nos perdone. Nosotros no hablamos náhuatl, pero si usted desea que le auxiliemos con algo, haremos los esfuerzos necesarios para intentar entender las instrucciones.

—Yo también soy su siervo y, si puedo, le ayudaré en lo que pida —agregó Luis, al tiempo que se ponía de pie.

—*Tlazohcamati miyac*[3] —habló ella, mientras su faz mostraba agradecimiento y humildad maternal. Sus palabras no las comprendimos, pero esas emociones de una madre las reconocimos los cuatro. Incluso me arriesgo a decir que es el gesticular universal de una progenitora hacia sus hijos, que todos podríamos identificar.

Andrea se levantó y preguntó a la diosa:

—Entonces, Tonantzin, ¿por qué ha venido aquí?—. Antes de que ella respondiese, yo me puse en pie. Ella colocó sus garras de águila a la altura de mi pecho y las serpientes de su falda a la de mi rostro. Comprobé entonces cuán afiladas eran sus uñas y supe además que los dioses no usaban ropa interior. Lo ignoré al instante y redirigí mi vista hacia su cara.

—*Nehuatl notoca Tonantzin, notahtzitzinhuané. Ahmo onihuallah inic nonequizzo. Ahtlaximatiltequemihualcihuatl onechnotz, auh caxtillancopa ihuan nahuatl oquinnechtolih ixachintin ohuicayotl in amaxococuahuic in macehualhuic*

---

3 Muchas gracias.

in pacholocatzintic. Ocnechtlanililih ca ompa Huey Teohcalli *itlan nonyauh, ocnequiya in cihuatl otlanechtitilih in inon nocal. ¿Tla anhueliti ca annechonhuica? Niquitlalnamiqui ahmo xopechtlitic actlan niyauh*[4] —enunció Tonantzin.

Los cuatro mortales nos volvimos, viéndonos unos a otros como buscando coincidir en las palabras de su diálogo que habíamos entendido. Miranda identificó cuando dijo *cihuatl*, que significaba mujer. Andrea captó que después de eso mencionó *caxtillan* y *náhuatl*. Mientras que yo reconocí la palabra Huey Teohcalli: Templo Mayor.

Me volví hacia ella y le pregunté si deseaba ir al Huey Teohcalli, indicándole con mis dedos las señas de un caminante. Había olvidado por un momento que ella sí podía entendernos.

Movió su brazo izquierdo para rascarse su hombro derecho, lo que causó desvaríos en nosotros y se nos salieron gotas de sudor. Mientras calmaba su picazón, noté las horrorosas manos y corazones humanos que parcialmente ocultaban sus senos caídos. Sinceramente, me desequilibró idealizar que eso algún día pudo serle arrebatado con un puñal a un ser humano, seguido de gritos y un dolor infernal.

Juntó sus manos al frente, suavemente, permitiendo que su collar no cubriese sus aureolas. Sonrió y dijo:

—*Quemah, tla xinechonahxitican*[5] —me contestó amablemente, asintiendo con su cabeza, aunque admito que bastante contrastante con lo que había sentido hacía unos segundos, pues sus palabras realmente eran suaves, como las de una madre. En ese instante, ella se transformó en un elixir aéreo

---

4   Mi nombre es Tonantzin, ¡oh, padres míos! No he venido yo por deseo propio. Una mujer de extraño vestir me llamó, me dijo en castellano y en náhuatl que hay problemas morales, sociales y políticos. Me solicitó la mujer que la acompañara al Templo Mayor, quería mostrarme algo en mi templo. ¿Creen ustedes que puedan llevarme a él? Imagino que no importa por quién vaya acompañada.
5   Sí, por favor, háganme llegar allá.

de color amarillo que la hizo desaparecer. Esa corriente dorada se acercó a mí, se detuvo junto a mi corazón, coloqué mis manos y la diosa finalmente se convirtió en una estatua pétrea, una réplica a escala de la escultura de Coatlicue que se encuentra en el Museo Nacional de Antropología e Historia.

La obra que tenía en mis manos no me desbalanceó hacia el frente, como yo esperaba. Por el contrario, era prácticamente una pluma. Su masa no alcanzaba los cien gramos. Mis amigos se acercaron a ver el objeto que tenía en las manos. Se lo entregué a Luis con sumo cuidado para que lo admirara.

—Es algo precioso, y bastante ligero, diría yo. Hermosa figura de piedra, aunque no me gustaría tener dos serpientes por cabeza —dijo él, mientras le daba el ídolo a Andy y a Miranda. Su último comentario nos resultó chistoso y nos hizo reír brevemente, lo cual sentimos como muy necesario después del *shock* que habíamos tenido con Tonantzin.

—Aún no asimilo bien lo que acaba de pasar. Se nos apareció una diosa y ahora la cargamos en una piedra ridículamente liviana —afirmó Miranda con ojos extrañados, preocupados incluso.

—¿Qué ocurrirá si se rompe? —pregunté en el momento en que Andy lo tenía en las manos.

—¡No! —me gritaron los tres.

—Rodo, no sé qué pasaría, no sé muy bien que está pasando, mas algo me dice que no tenemos por qué hacerle daño a esta imagen —dijo Andrea con un poco de estrés en su voz.

—Además, ¿no viste los adornos sanguinarios que portaba ese ser con voz dulce? No me arriesgaré a que yo sea el segundo cráneo que porta alrededor de su cuello y de sus colosales pechos —me advirtió Miranda para luego suspirar bajo su cubrebocas y proseguir más calma —Pero, bueno, ¿alguien de ustedes comprendió lo que dijo Tonantzin al último?

—Sí, o bueno, parte de ello. *Quemah* significa sí; *ahmo* quiere decir no. Estoy convencido de que quiere ir al Templo Mayor. La otra parte del mensaje no la entendí —contesté.

—Quizás nos lo pidió de favor —dijo Andy.

En ese momento se oyeron pasos cerca del bebedero donde notamos por primera vez el fenómeno paranormal. Nos tornamos rápidamente. Una silueta se iba de prisa, solo alcanzamos a ver parte de la cabellera de la mujer que huía del lugar. «Es la mujer que invocó a Tonantzin, ella habla náhuatl y español», pensé.

—¡Hey! —gritó Luis a la figura, aunque el sonido se debilitó por el cubrebocas verde que traía puesto. Miranda salió corriendo hacia el final del pasillo en dirección al bebedero, luego le seguimos los demás. Para cuando llegamos, la mujer ya no estaba y tampoco pudimos deducir en qué dirección se había ido.

IX

«¡No!, ¡no!, ¡no! —se repetía ella, frustrada, desesperada, mientras su cara se enrojecía de rabia—. Yo la llamé, la invoqué, la solicité, tenía todo planeado para hoy por la tarde. No puede ser posible que esos niños hayan sido los que la vieran. Todo porque se me hizo tarde, no llegué a tiempo como le prometí a Tonantzin» —decíase dentro de su cabeza.

Ella seguía corriendo hacia la salida de la prepa y se preguntaba cuál sería su siguiente movimiento; necesitaba que sus planes y deseos se cumplieran.

«Ellos no saben náhuatl, usaré eso a mi favor —pensó ella—. Los alcanzaré en Templo Mayor, las emociones de una madre al ver la destrucción, independientemente de con quién la vea, son exactamente iguales. Creo que puedo tomar un respiro, aún puede salir bien lo que debe suceder. México debe abrir los ojos y daría mi vida jurando que esta será una manera eficiente de que lo haga».

Una vez en la avenida Insurgentes, se dirigió al norte para buscar su automóvil y dirigirse al Centro Histórico.

X

Ya digerido nuestro encuentro con la diosa Tonantzin, decidimos ponernos en marcha, pero primero debíamos obtener permiso de nuestros padres. Cada uno tomó su celular y comenzó a explicarles la situación; cuando iniciamos las llamadas eran las 16:45. Al inicio, tanto a Miranda como a Andrea les dijeron que era algo descabellado, incluso que era un pretexto para salir de fiesta o con sus amigos. Sin embargo, al final cedieron, imagino que no muy convencidos.

Los padres de Luis también se mostraron un poco reticentes a aceptar las palabras de su hijo. Solo después de 15 minutos de discusiones e insistencias le permitieron ir.

En cuanto a mí… fue todo un caso. Les envié a mis padres una foto de la figurilla que teníamos, contándoles todo. Mi papá se mostró muy escéptico y mi madre me respondió con un rotundo no; le costaba trabajo concebir lo que decía. Para ser franco, yo tampoco me lo creería.

Hablé primero con mi padre y me tomó un poco convencerlo. Al final me concedió el permiso, si mi mamá me daba el visto bueno. Al llamar a mi madre, el tono de nuestras voces subió, ambos nos pusimos bastante tercos. Pasamos aproximadamente quince minutos discutiendo y negocié con ella que estaría en casa antes de las 19:00. Aún llena de dudas y afirmando que me esperarían consecuencias de no cumplir el plazo, me dio luz verde-amarilla.

A las 5 p. m. partimos. La ruta que seguiríamos sería la más corta posible: viajaríamos en metro desde la estación 18 de

Marzo hasta la estación Zócalo. Antes de iniciar la cruzada, rellenamos nuestras botellas de agua en el bebedero desde donde vimos por primera vez a Tonantzin y compramos algo de comer en un local que se encuentra sobre Insurgentes.

A solo 50 metros al norte de la entrada de la prepa se encuentra un pequeño local llamado El Volcán, donde hacen guisos rápidos exquisitos. Su comida más vendida y conocida es la torta de pastor, pero también venden molletes, tortas de huevo, salchicha, chorizo, quesadillas y muchas otras delicias que no rebasan los 55 pesos. No es algo sano consumir en ese lugar constantemente, pero cada cierto tiempo se puede saciar un antojo.

Miranda y yo pedimos una torta de pastor, Andy unos molletes y Luis una torta de huevo y chorizo. Luego de ordenar, chequé mi teléfono: 17:10. El tiempo era un recurso bastante valioso del que no disponía mucho. En eso, Miranda dijo:

—¿Qué tendrá en mente esa mujer que convocó a Tonantzin para llevarla a Templo Mayor?

—La verdad, no tengo ni idea. Lo que se me hace raro es que sea hoy, 11 de diciembre. El día de mañana es fiesta nacional y un día importantísimo para la cultura mexicana. ¿Será una coincidencia? —contestó Andrea.

—Lo dudo muchísimo. La vieja y la nueva diosa en mismas fechas. Lo que aún no logro descifrar es el motivo de ir a un lugar en ruinas. ¿Mostrarle su templo destruido a esa diosa? ¿Y de ahí? —comentó Luis.

—Igualmente yo no estoy seguro de los propósitos de la diosa en estos días. Sin embargo, creo que le dieron al clavo cuando mencionaron su relación con estos días y una nueva diosa: la Virgen de Guadalupe. Pienso que deben estar completamente relacionadas —agregué.

—¿Cómo están relacionadas? —me interrogó Miranda.

—A pesar de que, desde un punto de vista de fe, la explicación puede sonar muy amable, al analizar el contexto histórico, así como los intereses sociales y económicos, a mí me resulta un capítulo espeluznante, intrigante, confuso y, podría decir, deprimente de la cultura mexicana.

XI

Terminamos de comer a las 5:30 p. m. y caminamos a lo largo de Insurgentes hasta el metro 18 de Marzo. Bajamos un piso, pasamos los pasadores y subimos al andén donde llegaría el tren. Dirección Universidad hasta Hidalgo, trasbordaríamos de la línea verde a la azul.

En esos momentos, le comentábamos a Miranda sobre el *Nican Mopohua*.

—El *Nican Mopohua* es el único relato que tenemos de las primeras apariciones guadalupanas en el cerro del Tepeyac. Está escrito en náhuatl y el título significa «Aquí se narra». Fue escrito, parece, alrededor de 1560 por un discípulo del padre Sahagún (personaje que recolectó mucha información prehispánica imprescindible para el entendimiento mesoamericano antiguo), quien más probablemente fue el tepaneca Antonio Valeriano —inicié.

—Aunque realmente no se sabe a ciencia cierta cuándo el relato fue escrito, según León Portilla tuvo que ser una persona con excelentes dotes de náhuatl clásico —intercedió Andy.

—El relato cuenta cómo el 9 de diciembre de 1531, *Tlecuauhtlacopeuh,* que entendieron los españoles como Guadalupe, se le apareció en el cerro del Tepeyac (antiguamente Tepeyacac) a *Cuauhtlatóhuac* cuyo nombre cristiano era Juan Diego, quien vivía en Coatitla (hoy Santa Clara Coatitla, en Ecatepec), al dirigirse a tomar misa —agregó Luis.

—¿Le pidió a Juan Diego que construyese un templo? —preguntó Miranda.

—En efecto —respondió Andrea—, solicitó que fuese con el obispo Zumárraga y construyese un templo en el cerro del Tepeyac. Ese mismo día hizo la petición y le fue negada. De regreso a su casa, una vez más se le apareció la Virgen. El indígena le pidió que enviara a alguien con mayor jerarquía, pero ella declinó.

—El 10 de diciembre, en una tercera aparición, le indicó que le daría una prueba para llevársela al obispo al día siguiente. No obstante, debido a una enfermedad de su tío, solo pudo acudir la mañana del 12 de diciembre. La cuarta ocasión, la Virgen le pidió recolectar rosas y llevárselas a fray Juan de Zumárraga. Esa mañana recolectó las flores en su tilma y corrió al arzobispado, ubicado en la calle de Moneda enfrente del Palacio de Gobierno. Al llegar con el obispo, dejó caer las rosas y apareció en su tilma la imagen de Nuestra Señora de Guadalupe —continuó Luis.

—Aaahhh, es por eso que el 12 de diciembre y días cercanos millones vienen a venerar a la Virgen de Guadalupe —notó Miranda.

—Le diste al clavo —le aseguró Andy.

—El *Nican Mopohua* asegura que el fin de ese numen era detener los enfrentamientos religiosos y unificar a españoles e indígenas bajo una misma madre. Y de hecho fue así, a partir de ese año la cantidad de conversiones al cristianismo fue exponencial en todo el Virreinato.

Hay diversas películas católicas que representan el *Nican Mopohua*. Por ejemplo, *Juan Diego: mensajero de Guadalupe* es un largometraje caricaturizado de unos 35 minutos, donde se relatan las apariciones a Juan Diego. Sin embargo, al ser religiosa, la manera como se muestra a la Iglesia y a la religión católica no es tan cabal como pudo ser durante la colonia —concluí.

—En cierta perspectiva, suena como algo maravilloso: la unificación de dos culturas —reflexionó Miranda—. Por otro lado, dudo mucho que una virgen haya pedido paz entre poblaciones. Hoy en día los enfrentamientos entre palestinos y judíos son cada vez más fuertes cerca de Tierra Santa. No obstante, nadie asegura ver a Alá, Jehová o algún nuevo dios que interceda para su estabilidad y desarrollo.

En eso, llegó el tren. Nos subimos los cuatro y poco después se puso en marcha.

—Exactamente, Miranda. No hay pruebas plausibles de que, en efecto, a un indígena se le haya aparecido la Virgen de Guadalupe. Únicamente tenemos ese documento elaborado por la Iglesia novohispana. Lo que ha suscitado muchas dudas sobre Nuestra Señora de Guadalupe —le dije yo.

—Entonces, ¿qué pasó en realidad? —preguntó Miranda.

—Pues… —intenté responderle con voz dubitativa debajo de mi cubrebocas blanco —una explicación convincente sería que la Virgen de Guadalupe no se apareció, sino que fue *creada* para evangelizar a los indígenas más fácilmente.

—Eso contradice todo lo que, desde niño, a un mexicano católico le pueden enseñar —agregó Luis, solemnemente, detrás de su verde cubrebocas—. Empero, es algo comprensible y lógico. Los habitantes de las culturas prehispánicas eran sumamente religiosos. Es también por eso que la conversión religiosa obligatoria para ellos fue algo fatal y uno de los sucesos más atroces en la historia moderna. La destrucción de ídolos, quema de templos, sacrificios de sacerdotes, la violencia con la que los curas obligaron a convertirles al «verdadero camino» en todas las Indias no tiene comparación histórica. ¿Cómo le dices a un artesano: «Todo lo que crees es falso, nunca fue real, tus dioses no valen nada; esta es la verdad y, de no aceptarla, sufrirás en esta y en la siguiente vida»?

—Quitarle a una persona religiosa su Dios y sus creencias, es dejarlo desnudo, desprotegido y sin propósito —reflexionó Miranda.

—Por la reticencia de los pueblos a aceptar una nueva religión, en secreto fabricaban estatuillas y veneraban a sus dioses tanto en sus casas como en iglesias cristianas, donde los escondían tras las paredes o bajo algunas imágenes de santos, pidiéndoles ayuda, redención, paz, una vuelta al pasado —dijo Andy levantándonos de nuestros pensamientos—. No obstante, un fraile que encontrara esas estatuas en una casa indígena sabía que debía denunciarlo ante sus superiores para acabar con esa esperanza de «falsos númenes», además de torturar a los indígenas responsables hasta que confesaran, se convirtieran o muriesen.

La manera tan fría como había hablado me heló la sangre, Andy había dicho eso de forma muy concisa. Sé que eso fue real, mas la realidad no siempre es bella y amable como millones creen. Presioné más fuerte el tubo del metro de donde me sostenía y parpadeé dos veces para que se erosionara el altibajo con más conversación.

—Por lo anterior, se podría decir que algún clérigo formuló una diosa que los nativos reconocieran como suya. Alguien que ya fuera de ellos, pero también incluyera la fe católica—, dije yo, mientras sacaba torpemente el ídolo de Tonantzin de mi mochila.

—¿No te recuerda algo Nuestra Señora de Guadalupe? Nuestra señora podríamos interpretarlo como nuestra madre.

Miranda lo comprendió de inmediato.

—Tonantzin, Nuestra madre. Ella es la verdadera diosa, la verdadera virgen —dijo ella mientras abría un poco los labios debajo de su cubrebocas naranja y tomaba la pieza pétrea.

—En tiempos prehispánicos, indígenas de todas partes de los países mesoamericanos peregrinaban al santuario más importante de la diosa Tonantzin, en el cerro del Tepeyac. Ella era su madre y también una de las divinidades principales para ellos. Durante el décimo quinto mes del calendario mexica,

Panquetzaliztli, que correspondía aproximadamente a nuestro diciembre, se celebraba el nacimiento de Huitzilopochtli, dios mexica de la guerra; además de agradecerle a su madre Coatlicue por su nacimiento. Así tenían lugar ciertos festejos en el templo de Tonantzin —explicó Andrea.

—Es mucha coincidencia, tanto las fechas como la idea de una madre que ruega por su pueblo. Empieza a cobrar sentido la idea de la creación de una diosa. Además, evangelizar a los indígenas les proporcionaba la mano de obra necesaria a los españoles para iniciar el Virreinato. Todo sería más fácil si tuviesen su alma y mente —agregó Miranda.

—Hay una película que fue muy censurada en su momento. Durante los años setenta se filmó una película que explicaba cómo en 1531 un padre católico manda a crear una virgen de piel morena, alguien que los indígenas pudiesen identificar como suya, y pide reconciliación española e indígena. Y él lo logra. En los últimos minutos se ve a muchos nativos cargando un estandarte con la imagen de la diosa, destruyendo sus antiguos ídolos.

La censura de la película la encabezó Margarita López Portillo, hermana del presidente de turno. Por lo mismo, ha pasado inadvertida por millones de mexicanos que deberían observarla para cuestionarse lo que es verdad o no —expuse yo.

—¿Solo fue censurada por cuestionar el mito de la virgen o se expone algo más en ella? —preguntó Andrea.

—Bueno, en la película *Nuevo Mundo* se aprecia de una manera directa las torturas hacia españoles e indígenas por la Iglesia, obligándolos a confesar o fallecer, persignándose después. La hipocresía y el radicalismo religioso que se muestra es demasiado para que la Iglesia las tolerase como público. También se muestra cómo los españoles y el clero maltrataban y esclavizaban a cualquier indígena, cómo los peninsulares violaban niñas y mujeres nativas; además, cómo los templos e ídolos eran reducidos a pedazos. Aunque creo que el solo cuestionamiento de la diosa más importante para todo México era ya motivo para que muchos eclesiásticos y políticos la calificaran como algo peligroso o herético.

—Una mentira, de tanto repetirse, se vuelve verdad —susurró Miranda mientras pasábamos la estación de Potrero—. Conozco la película, un día mi padre la vio en YouTube y lo encontré cuando el fraile jesuita dijo eso. Se preguntaba junto al obispo cuánto duraría el engaño. Y respondían que quizás años, décadas, siglos, incluso para siempre.

XII

En un enfrenón del metro en la estación de Tlatelolco, todos nos sujetamos fuertemente de los tubos plateados del vagón. Eso nos sacó de nuestros pensamientos. Detenerse a meditar lo que uno considera real, identificar sus orígenes y, quizás, propósitos, muchas veces puede dejar a alguien estupefacto un momento.

Miranda me devolvió el ídolo de Tonantzin después de que el metro comenzara su marcha de nuevo. Solo faltaban dos estaciones, pero estuvo cerca de soltarlo cuando el tren se detuvo; pensé que sería más seguro si lo transportábamos en una mochila que en nuestras manos.

Al llegar a la estación Hidalgo eran las 17:44. El andén para el transporte que se dirigía hacia el sur de la ciudad (Dirección Universidad) no tenía más de 50 personas, lo que es algo descomunal para una estación donde se conectan dos líneas muy transitadas. Mas al volver la cabeza al andén cuyos trenes salían al lado opuesto, dirección norte (Dirección Indios Verdes), estuvo cerca de darme un infarto. La plataforma estaba desbordaba de chilangos y peregrinos, podría jurar que había entre 150 y 200 personas, muchas de ellas que probablemente se dirigían a la Basílica de Guadalupe.

No se respetaba la sana distancia en absoluto, pero al menos un tercio de ellos traía caretas con armazones de incontables colores; poco más del 75 % de la gente tenía cubrebocas de diversos colores, aunque predominaba el blanco. También entre las masas sobresalían cientos de rosas blancas que llevaban a su Madre, bastantes cruces de madera entre las numerosas cabecitas y, finalmente, dos estandartes con la imagen de la diosa, de alrededor de un metro de alto cada uno.

Luis y Andy me llamaron para que nos apuráramos a hacer el trasbordo con la línea azul del metro. Mientras me alejaba con mis amigos por los pasillos de la estación, ponderaba yo si dirigirme al Templo Mayor había sido buena idea. Tenía poco más de una hora para llegar a casa y anochecería alrededor de las 7 p.m. por el horario de invierno. Nosotros íbamos en contraflujo, lo que nos había facilitado la ida en el aspecto temporal y en cuanto a la cantidad de gente.

Miranda vivía en Azcapotzalco, Andrea en Venustiano Carranza (cerca de la Industrial Vallejo), Luis y yo muy cerca de Tenayuca. ¡Todo al norte de donde estábamos! Las direcciones septentrionales estaban atestadas de fieles. Una ola de preocupaciones me golpeó al instante: las posibilidades de ser contagiado de coronavirus eran altísimas; nosotros no éramos población de alto riesgo, sino nuestros padres, abuelos y el resto de nuestra familia. Yo no deseaba perder a otro familiar por ese virus.

No recuerdo la expresión de pánico que quizás mostré al subir las escaleras del andén para el nuevo tren, pero Andrea, Luis y Miranda me abrazaron cuando me observaron. Nos quedamos un momento en el descanso de los escalones, de modo que no estorbáramos a nadie, y les conté mis inquietudes.

Andy ya lo había considerado, según me dijo. Miranda y Luis se congelaron un momento, mientras pensaban qué decir y asimilaban la idea de que hoy podríamos contraer el SARS-CoV-2. En eso sonó el silbato del metro. El tren llegó. Subimos el resto de las escaleras y entramos a un vagón.

Eso nos despejó ligeramente la incertidumbre que teníamos acerca de esta aventura, hasta que habló Andrea bajo su cubrebocas morado:

—Tal vez sí actuamos algo imprudentemente al encaminarnos al centro sin pensar en las consecuencias; pero, por otro lado, yo esperaría que en una hora la cantidad de peregrinos en el transporte público se reduzca. Así nuestro riesgo sería menor, aunque llegaríamos más tarde.

—Andrea tiene razón, Rodo. La mayoría de los creyentes viaja de día, descansa de noche. Anochecerá en una hora aproximadamente. Podremos viajar más tranquilos —me aseguró Miranda, finalmente.

Mi paranoia se despejó en buena medida. No estaba en júbilo tampoco, pero sí mejor que minutos atrás. Al instante agradecí que todos ellos hubieran estado conmigo en ese momento. Ahora sabía qué pensar de que Miranda y Luis me interrumpieran con Andrea: me sentía con suerte y satisfecho. Feliz de tenerlos en el momento.

XIII

El Templo Mayor, o Huey Teohcalli de los mexicas, era el santuario más importante para las ceremonias religiosas y sacrificios humanos en todos los dominios del imperio mexica cuando arribaron los españoles al Nuevo Mundo.

La zona arqueológica hoy está en ruinas. El yugo español durante la Conquista y la Colonia se empeñó con todas sus fuerzas en erradicar todo rastro de las viejas creencias para imponer el catolicismo. La Catedral Metropolitana, que se encuentra solo a un par de metros del complejo, fue construida con las piedras y el material de los templos principal y secundarios que había en la *caput mundi* de Mesoamérica.

Poco más de dos siglos y medio después de la caída de México-Tenochtitlán, en 1521, se «descubrieron» nuevamente piezas pétreas indígenas en las inmediaciones de la plaza del zócalo capitalino, el Palacio Nacional y la catedral. En 1790 se encontró el ídolo gigantesco que representa a Coatlicue y del que yo llevaba un modelo a escala en mi mochila.

A esta estatua sin pies ni cabeza humana, los españoles no la comprendieron en su totalidad, por lo que fue trasladado este ídolo al patio de la Real y Pontificia Universidad de México. Lo intrigante aquí es que, a poco de su descubrimiento, gente venía a venerarla, admirarla, darle ofrendas y postrarse ante ella en el patio de la universidad. Estas acciones asustaron a los frailes, pues no iban a permitir una sublevación o cuestionamiento religioso; así mandaron a enterrar la escultura en el patio de la universidad a principios del siglo XIX. Hasta que en 1821, cuando México ya era independiente, el primer emperador mexicano, Agustín de Iturbide, la mandó desenterrar.

De ahí en adelante, se fueron descubriendo pequeñas piezas que habían pertenecido al Templo Mayor: vasijas, máscaras, incensarios, figuras pétreas, piedras preciosas y muchísimos artilugios más. Las excavaciones se intensificaron a partir de la consumación de la Guerra de Reforma y el establecimiento de las leyes del mismo nombre, en las que Juárez, entre algunas otras cosas, declara a la Iglesia y al Estado como entidades independientes.

Sin embargo, el momento decisivo en el que se decidió desenmascarar el Huey Teohcalli fue el 21 de febrero de 1978, cuando trabajadores de la Compañía de Luz y Fuerza del Centro se toparon con una gigantesca piedra circular que tenía esculpida a Coyolxauhqui, la hermana de Huitzilopochtli decapitada por él. Es considerada una de las piezas más famosas que forman parte del museo aledaño a la zona arqueológica.

Salimos de la estación del Zócalo, en la esquina suroeste de la Plaza del Zócalo. Ante nosotros se erigía la inmensa Catedral Metropolitana al norte; a nuestra derecha, al este, estaba el Palacio Nacional; a nuestra izquierda, al oeste, el Portal de Mercaderes; y a nuestras espaldas, hacia el sur, el Antiguo Palacio de Ayuntamiento y el Edificio de Gobierno de la Ciudad de México.

El choque térmico al salir del subterráneo fue un poco fuerte, el viento soplaba considerablemente y había algunas nubes en el cielo, no tantas como para una lluvia, pero sí para ocultar el sol de vez en vez.

Miré mi teléfono una vez más: 5:55 p. m. Caminamos en línea recta por la periferia de la plaza, a lo largo de la calle José María Pino Suárez, y cruzamos la Plaza de la Constitución para terminar en la esquina de la Catedral Metropolitana. A partir de ahí, la cantidad de gente en el lugar se empezó a densificar y el número de personas sin sana distancia ni medidas de salud aumentó. Alrededor del 50 % de las personas que nos encontrábamos tenían por lo menos un cubrebocas y una quinta parte de ellas lo tenía debajo de su nariz.

Seguimos andando los cuatro entre el ala este de la catedral y un par de edificios de colores pálidos suaves que estaban a nuestra derecha. Algunos de ellos eran restaurantes; uno era una Librería Porrúa, los demás, librerías de textos usados. A partir de unos 50 metros de los límites de la zona arqueológica comenzaron a verse las películas de cristal de color azul, reforzadas con barandales delgados de aluminio, que delimitan el perímetro de las ruinas a cielo abierto.

No recuerdo ahora dónde estaba la entrada del museo. Fui, algo niño, con mi hermana Rebeca, mi papá y mi mamá algunos años atrás. A mis padres les daba orgullo la cantidad de piezas e información que las instalaciones ofrecen, equiparando de este modo parte de la riqueza cultural mesoamericana que aún sigue en nuestras manos. No obstante, al tiempo nos comentaban a mi hermana y a mí cuán horrible pudo ser que colocaran un nuevo templo que predicaba una verdad completamente diferente a solo pasos del tuyo, construido, literalmente, con lo que alguna vez consideraste verdadero.

Negué con la cabeza para concentrarme en el presente y continuamos. Observamos a nuestra izquierda los jardines de la catedral; no son muy grandes, quizás de cien metros cuadrados. A nuestra derecha estaba el Templo Mayor, habíamos pasado el patio sur y pocos metros al frente estaba el Museo Archivo de la Fotografía.

Doblamos a la derecha, cercando la zona arqueológica por unos treinta metros hasta llegar a una esquina donde se observaba todo el Templo Mayor: se distinguía el edificio principal, que antes eran 7 plataformas cuadradas en forma de pirámide con dos capillas en el atrio superior (una dedicada a Huitzilopochtli y otra a Tiáloc). En esta plataforma última se realizaban los famosos sacrificios humanos en los que se les arrancaba con una daga, en honor a los dioses, el corazón ensangrentado a prisioneros de guerra y esclavos, dejando luego rodar el cuerpo por las escaleras hasta el piso. Tal y como el cuerpo sin cabeza de la vengativa diosa lunar Coyolxauhqui rodó por la colina cuando su hermano dios del sol, Huitzilopochtli, la decapitó defendiendo a su madre Coatlicue.

Los sacerdotes tenían diversos *modus operandi* para cada celebración religiosa. Algunos sacrificios eran quitando el corazón, otros ahogando las víctimas en el lago, dejándolos morir de hambre o incluso el sacrifico gladiatorio.

Es difícil imaginar una cultura que no practicara sacrificios; no obstante, el número que ellos sacrificaban es algo inconcebible hoy en día. Se afirma que anualmente se asesinaba a por lo menos 20 000 personas, solo en México-Tenochtitlán, multiplicándose el número en años seculares o religiosos.

En el año de 1486, cuando quedó consumada la edificación del Templo Mayor bajo la dirección del tlatoani Ahuizotl se sacrificaron entre 72 y 75 mil prisioneros de guerra, tomados en los cuatro años anteriores, en el atrio superior del templo principal durante los cuatro días que duró el genocidio. Para miseria de las víctimas, se les formó en dos filas: una en la calzada de Tacuba y otra en la calzada de Iztapalapa. El historiador Betancourt afirma que la fila de la calzada de Iztapalapa terminaba en un lugar que se llamaba La Candelaria *Malcuitlapilco*, que significa en la cola de los prisioneros. (No sé exactamente dónde se ubique eso hoy, pero me supongo que es hoy el pueblo La Candelaria, cerca de Coyoacán, entre 11 y 12 kilómetros de donde nos encontrábamos).

—No puedo creer que esto alguna vez haya tenido un área de mucho más de una hectárea, alrededor de 78 templos, un lugar para jugar pelota y el templo principal. Y hoy solo quedan pedazos de ello, la mitad de los templos, un *tzompantli* para colocar cabezas, parte del lugar donde se jugaba pelota y solo unos 3 o 4 niveles del gran edificio —Luis rompió el silencio y todos lo volteamos a ver.

—¿Se imaginan haber visto a esta ciudad antes de la Conquista? —dijo Miranda, soñando un poco. Soltamos unas pocas risas, pero, la verdad, era muy difícil concebirlo.

—Okey, ahora ¿qué hacemos con Tonantzin? —preguntó Andrea, mientras dirigía su mirada a mi mochila.

Me descolgué la petaca unos segundos después y saqué la figurilla. Había olvidado lo liviana que era. En ese momento pensé algo estúpido.

—¿Cuánto creen que pese ella? —les pregunté a los demás.

—La primera vez que lo cargué no entendí por qué es tan liviana; es engañosamente ligera. No tengo idea de su peso, deberíamos buscar una báscula —me contestó Miranda al instante; no me respondió lo que esperaba, mas era tentador lo de la balanza.

—¿Pesar a una diosa? Honestamente me intriga, pero creo que por el tiempo que tenemos será mejor preguntarle a ella —sugirió Andy con un poco de prisa. Y con toda razón, eran las 18:10.

—Yo podría creer que pesa 21 gramos. Se cree que eso pesa el alma, y un dios puede ser un espíritu —me respondió Luis.

—Eso no está comprobado por la ciencia, pero pesando este idolillo podríamos corroborarlo —dije yo, mientras lo admiraba.

Cuando levanté la vista me topé con los ojos de Andrea, quien se veía molesta por mis palabras. Supongo que, de alguna manera, podría ser un sacrilegio estudiar a un numen de la forma física. Aunque también puede ser que el tiempo corría. Ya tenía menos preocupaciones que en la estación Hidalgo. Sabía una cosa: no llegaría a casa antes de las 7 p. m.

Miranda me pidió la estatua y se la entregué. Al tiempo dijo;

—Bueno, mejor le preguntamos —y sonrió bajo su cubrebocas anaranjado.

Se acercó a la esquina donde estaba el perímetro de cristal y con ambas manos levantó a Tonantzin a unos 180 cm del suelo.

—Tonantzin, hemos llegado.

XIV

En ese momento, la estatuilla de piedra se transformó en un polvo brillante que tomó la forma de esa diosa tan cariñosa y aterradora que en la prepa se nos había aparecido. Esta vez ninguno de los cuatro se arrodilló, solamente le guardamos respeto y admiración mientras ella tomaba forma, recuperaba sus colosales garras de águila (que una vez más me quedaron a la altura del pecho), su falda de serpientes, su cruel collar de manos y corazones sobre sus gigantescos pechos caídos y su delicado rostro juvenil. Una madre joven, y sin embargo con experiencia de mayor. Tonantzin quedó de espaldas al gran templo, su rostro hacia nosotros.

—*Tlazohcamati miyac*[6] —nos dijo, al vernos nuevamente, sonriendo con el orgullo de una madre. Nosotros le devolvimos el gesto bajo nuestras mascarillas.

Esta vez no estábamos solos, muchas personas vieron a Tonantzin. Del lado opuesto de la zona arqueológica pude ver que una señora se arrodilló y empezó a rezar. No la veía tan bien, pero era alguien mayor y sin cubrebocas.

La gente alrededor de todo el complejo del Templo Mayor, así como la que estaba en algunas de sus plataformas, desvió su mirada hacia ese espectro levitante frente a nosotros. El sitio quedó más silencioso, aún se oía el bullicio de la plaza del zócalo, sonidos de vendedores ambulantes en las calles cercanas, la entretenida conversación de personas próximas que aún no habían alzado la vista. Los transeúntes que no traían cubrebocas tenían

---

6   Muchas gracias.

una O dibujada en su rostro; a los que portaban mascarilla se les veía desacomodada. No había habido gritos en los primeros segundos, el público estaba aturdido, asombrado, maravillado, incrédulos ante la diosa que tenían a solo unos metros de distancia.

Empecé a sopesar si había sido una buena idea haber invocado a Tonantzin así, en una vía pública. Un tren de ideas me llegó a la mente: grabaciones de celulares, periódicos amarillistas, conspiradores de ovnis, caos público momentáneo. Aún todo estaba tranquilo, por lo que suprimí mis pensamientos y me enfoqué en el presente.

Tonantzin borró su sonrisa y desde su posición volteó unos 45 grados a la derecha y luego 90 a la izquierda. Frunció el ceño, rotó la cabeza un poco.

—*Yehuatl in cah miyac ahtlaximatilli, ahtle ocatca in quenin*[7] —dirigió su vista a las calles que tenía enfrente, imagino que los edificios de concreto y los caminos de pavimento eran nuevos para ella. Estoy seguro de que observó a todas esas personas confundidas.

—*Tlaquemih ca aic oniquinittac, yehuantin quinpiah ahtilmaximatilli. Ahmix* Huey Teohcalli[8] —dijo y la última frase la enunció moviendo la cabeza de derecha a izquierda.

Cerré los ojos un momento, olvidé que ella no hablaba español. Podía entendernos, pero la lengua española no era su medio de comunicación. Volteé a ver a Andrea, Luis y Miranda. Ellos tenían el rostro tan estupefacto como yo.

—¿Fue buena idea aparecer a Tonantzin en público? —preguntó Luis, expresando las preocupaciones que yo antes había pensado.

—Creo que es algo que no medité mucho —contestó Miranda, un poco arrepentida.

---

7   Esto es muy extraño, nada era así.
8   Traen objetos que nunca había visto, ellos tienen ropa muy extraña. Esto no es el Templo Mayor.

—Bueno, no te preocupes Miranda, ya todos la vieron. Espero que no entre nadie en pánico o haga algo estúpido. La humanidad es experta en hacer estupideces por los dioses —agregó Andrea, destensando un poco la situación.

—¿Ustedes lograron entender que dijo no algo sobre Huey Teohcalli? —pregunté yo ahora.

—Sí, es extraño, es como si no reconociera este lugar —me respondió Luis.

—Bueno, tal vez lucía muy distinto cuando vino por última vez —agregó Miranda como si fuera algo obvio. No tenía sentido en primera instancia, pero podría tenerlo.

—¡Miranda, le diste al clavo! —grité.

Volteé hacia Tonantzin, quien parecía también incierta y confusa sobre la gente y lo que tenía enfrente. Ella no había visto las ruinas. No reconocía esto porque su última visita fue… me detuve y sentí que mi cara se modificó de tal manera que expresaba mucha duda, aun de mi propia lógica.

Un sentimiento de contradicción entró rápidamente en mí: si ella no reconocía los materiales y telas actuales, entonces no había estado presente por mucho tiempo; contradiciendo aquella creencia de que algún ser superior puede observarnos y saber de nosotros esté donde esté. Como no era este un caso de omnipresencia, es bueno preguntarse: ¿Cuánto tiempo estuvo ausente? ¿Solo los últimos sacerdotes mexicas se podían comunicar con ella realmente? ¿Cómo logró entonces la mujer desconocida traerla a la prepa 9? ¿Tonantzin solo sabe de la humanidad si la humanidad se lo deja saber?

Si suponemos que ella recuerda todo de otra manera, ¿habrá llegado Tonantzin a conocer a los españoles? Es algo imaginable que todo el pueblo y el clero del Nuevo Mundo hayan pedido protección a los dioses. ¿No se enteró entonces de que asesinaron a cientos de miles de indígenas? ¿No sintió su dolor, no olió su sangre ni escuchó sus gritos de desesperación durante toda la Conquista, la Colonia y quizás hasta hoy? ¿No se enteró cómo poco a poco el Templo Mayor y todas las ciudades de las civilizaciones mesoamericanas quedaron en ruinas y casi en el olvido absoluto?

Miranda sí le había atinado a por qué Tonantzin estaba extrañada: este lugar había lucido diferente cuando vino por última vez. Lo que no podríamos contestar es cuándo fue esa venida previa. ¿En qué momento desaparece de este mundo ella? ¿Por qué se fue? ¿Por qué ha vuelto hoy?

Esa tormenta de dudas me dejó mareado. No iba a encontrar respuestas en ese momento. El tiempo que teníamos con Tonantzin no sería mucho. La gente comenzó a sacar sus teléfonos y a tomar fotos de aquel numen levitante. Unos murmullos fuertes se comenzaron a escuchar.

«¿Qué es eso?»; «¿quién es esa mujer?»; «¿por qué tiene garras de águila en lugar de pies?»; «tengo que sacarme una selfi con esa cosa»; «Dios nos ha enviado un demonio»; «¿nos hará daño?»; «¿qué hará?»; «esos niños la tenían, deben de estar malditos». Se rumoraban entre sí todos.

Andrea actuó inmediatamente después de los primeros murmullos y luces provenientes de los *flashes* de los celulares.

—Tonantzin, el Huey Teohcalli está detrás de usted. Por favor, gire.

Ella rotó 180 grados y una vez más todos enmudecieron cuando su falda de serpientes giró y mostró su colosal busto detrás de su sanguinario colgante de manos, corazones y el cráneo humano a quienes se encontraban en el lado opuesto de la zona arqueológica. Incluso Tonantzin ninguna palabra pronunció. Estaba ahora dándonos la espalda, adornada con sus bellísimas trenzas de cabello castaño. El silencio parcial se interrumpió con un ligero gemido, una inspiración de aire que expulsaba asombro, nostalgia y pánico. Unos ligeros sollozos se escucharon desde el ente levitante. Tonantzin estaba llorando.

XV

—*Ahmo, ahmo, ahmo, ahmo, ahmo, ahmo, ahmo*[9] —decía Tonantzin, dándonos la espalda entre lágrimas. Su voz era quebradiza, forzada, ahogada. Empezó a caminar en el aire sobre las ruinas que estaban frente a nosotros. Quienes estaban debajo de ella en las plataformas de la zona arqueológica se asustaron, aun trayendo un cubrebocas podía distinguirse la palidez de unos, el persignarse de otros, los ojos completamente abiertos que admiraban las garras de águila encima, a máximo dos metros de sus cuerpos.

Tonantzin seguía repitiendo lo mismo, cada vez con más desesperación. Es imposible saber qué pensaba, no estoy seguro. ¿Qué recuerdos le habrá traído ver el Huey Teohcalli así? Si no eran memorias, ¿ella estaba deduciendo todo lo que les pasó a sus hijos, los mexicas, por el simple hecho de ver su recinto cultural máximo reducido a pedazos? En cualesquiera de ambos casos, se escuchaba a una madre con el corazón roto; una mujer cuyos hijos han sido asesinados cruelmente; una mamá que sabe que no pudo proteger a sus hijos, que ha fallado en su fin maternal.

En el recinto y sus alrededores aún se oían murmullos, pero no tan fuertes o insensatos como los expresados poco antes.

—*¿Tlein omochiuh in Huey Teocalpan? ¿In ixquich altepetl? In mexxicah oyeyah cuacuauhtlacameh, auh ahmo ocmomacehuihqueh. Neci ca oahtleyaqueh. ¿Campa in caltzalantli Iztapa-*

---

9   No, no, no, no, no, no, no.

lapan icopahuic in Huitzilopochtli, in caltzalantli Texcoco icopahuic in Quetzalcoatl, in caltzalantli Tlacopan icopahuic in Xipe ihuan in caltzalantli Tepeyacac icopahuic in Tezcatlipoca?[10] —dijo Tonantzin y, después de hacer sus preguntas, se volteó hacia nosotros lentamente.

Caltzalantli significa calzada, o al menos así se puede interpretar «calle entre las casas». De su ininteligible monólogo, solo pude deducir las calzadas hacia Iztapalapa, Texcoco, Tlacopan y Tepeyacac. Antes de la Conquista, salían de ese lugar, al que los mexicas consideraban el centro del cosmos, 4 calzadas a los cuatro puntos de la rosa de los vientos.

Se debe recordar que, originalmente, México-Tenochtitlán fue fundada en un islote del Valle de Anáhuac (el mismo donde nos ubicamos hoy: Ciudad de México). Estaba rodeada por múltiples lagos de agua salada, obligando a los indígenas a construir acueductos que trajeran agua dulce y calzadas que conectaran con tierra firme. Del Templo Mayor salía la calzada de Iztapalapa hacia el sur, que conectaba con los pueblos de Iztapalapa, Xochimilco, Coyoacán y otros más; la del oeste, a Tlacopan, conectaba con el reino de Azcapotzalco; la del este daba hacia un pequeño puerto de donde salían embarcaciones hacia el reino de Texcoco; finalmente, la del norte conectaba la capital mexica con el pueblo de Tepeyacac y otras poblaciones.

La diosa comenzó a acercarse una vez más hacia Andrea, Miranda, Luis y yo, lo que me despertó de mis pensamientos y me trajo de vuelta al presente. Una vez más las voces se intensificaron, se escuchó también el primer grito al lado opuesto del Huey Teohcalli de donde nos encontrábamos. Tonantzin no se inmutó. Siguió su caminar hacia nosotros.

---

10 ¿Qué le pasó al Templo Mayor? ¿A toda la civilización? Los mexicas eran unos salvajes, pero no merecían esto. Parece que ya no existen. ¿Dónde está la calzada Iztapalapa al sur, la calzada al lago de Texcoco al este, la calzada Tlacopan al oeste y la calzada Tepeyacac al norte?

Empero, ya su expresión no mostraba tristeza, frustración o nostalgia, como cuando nos observó desde el centro de la zona arqueológica; ahora mostraba desesperación, ansiedad, pánico, enojo. A unos diez metros de nosotros sus puños empezaron a abrirse y cerrarse a los costados de sus caderas, sus garras de águila se abrieron cual ave de rapiña a punto de cazar.

Al acercarse enfurecida la diosa de pechos colgantes y serpentina falda, se oyeron un par de gritos a nuestro alrededor, aún no muchos, pero suficientes para llamar la atención de más gente. La cantidad de personas que había era 75 % más que antes de que apareciese Tonantzin. Ella seguía acercándose. Nosotros inmóviles, sin saber qué hacer, qué decir ni qué habría de suceder. ¿Cómo se le dice tranquila a una madre cuando acaba de enterarse del fallecimiento de su hijo? Simple, no se puede hacer sin lastimar o ser hipócrita.

—*¿Tlein omochiuh? ¡Xicnechtolican ca omochiuh ici!*[11] —gritó Tonantzin a solo tres metros de nosotros. Las palabras en su lengua resonaron por todo el complejo. Más gente se acercaba, los cubrebocas y caretas se multiplicaban a cada segundo que pasaba: transeúntes, policías, locatarios cercanos, vendedores ambulantes, uno que otro vagabundo, etc.

En un abrir y cerrar de ojos tenía sus garras de águila a la altura de mi pecho a solo 2 o 3 pies de distancia. Me sentí como un ratón a punto de ser presa de un águila; imaginé cómo en el roedor entraban las cuchillas del depredador y la vista que tenía desde una altura divina, que en su vida solo podría ver una vez. De ahí los efectos de la caída libre, las memorias de un alma reproduciéndose poco antes de un golpe contundente contra el suelo.

Mi corazón palpitaba como loco, la adrenalina y el cortisol invadían mi torrente sanguíneo. Una gota de sudor salió de mi cabello y también un poco más en otros sitios.

---

11 ¿Qué paso? ¡Díganme lo que ocurrió aquí!

Yo estaba imposibilitado para hablar, paralizado. Aunque, ¿qué le diría?, ¿cómo le explico que los conquistadores de esto tenían poco más de 4 siglos y medio muertos?

—Deja a los niños en paz, monstruo —se escuchó una voz de hombre mayor en la parte de atrás. Una ola de insultos hacia el numen comenzó a oírse. Ella conservó la calma ante ellos y les lanzó un ceño fruncido que les hizo callarse a los 12 segundos. Es algo que debo aprender de ella.

El silencio volvió y Luis empezó a hablar.

—Tonantzin, discúlpelos. Respecto al Huey Teohcalli… ¿no recuerda la conquista? —su voz intentaba ser valiente, aunque tremolaba un poco. Era obvio que él había sentido el mismo miedo que yo, y lo mismo pensaba de Miranda y Andrea.

—No creo que ella haya estado ahí, Luis —agregó Miranda con voz firme—. ¿Estuvo presente, Tonantzin?

Su expresión se enterneció ligeramente y comenzó a hablar:

—*¡In Toxcatl! ¡Ahmo! ¡Ahmo! ¿Tleica? Mochintin tlacameh omopactihtotihqueh. In mexxicah oyeyah ahmanahuihuic ihuan… oh, in eztli*[12] —empezó a llorar más ruidosa e intensamente que antes.

—*Oquimmictihqueh, yehuantin omexxicahmictihqueh. Niquilnamiquia… ayyy… notahtzitzinhuan… in cocoyelli ca onitetix, onihuelich aocmo*[13] —concluyó, casi ininteligiblemente, por los fluidos de su rostro.

Imaginé lo peor. Aunque solamente entendí la palabra *Toxcatl*, era suficiente. Aquí mismo, hace 500 años, en mayo de 1520, una de las fiestas de los antiguos habitantes mesoamericanos tenía lugar aquí en honor a los dioses Huitzilopochtli y Tezcatlipoca. Todos danzaban, cantaban y había música hasta

---

12 ¡La fiesta Toxcatl! ¡No! ¡No! ¿Por qué? Todos bailaban felices y alegres. Los mexicas estaban desprotegidos y… oh, la sangre.

13 Los mataron, ellos asesinaron a los mexicas. Me acuerdo… ayyy… mis padres… del dolor me petrifiqué, yo no pude más.

que… sin previo aviso, los españoles cerraron las salidas del recinto del Templo Mayor y asesinaron a traición a decenas de inocentes desarmados. Se relata que la sangre corría como agua. Una escena tan violenta que a una madre impotente seguro le desgarra el alma.

Se escuchó un quejido ensordecedor de su boca, un grito que se oyó en medio kilómetro a la redonda, como después afirmaron los periódicos. Fue tan molesto para nosotros que estábamos enfrente, y para las personas que se encontraban a un metro de nosotros, que nos llevamos las manos a las orejas inmediatamente. La frecuencia de su voz era media, ni muy aguda ni muy grave. Tal vez de unos mil hercios fue ese grito.

Los cuatro nos tiramos al suelo, intentando alejarnos del estrepitoso grito. Duró más de diez segundos y ya para mis oídos era algo insoportable. Al detenerse, mi tímpano se había desacostumbrado al sonido ambiental, ligeramente sordo a otras frecuencias, pero pude escuchar gente que huía de la diosa y los gritos de una muchedumbre que acababa de tener contacto con un ser especial de este mundo. Al terminarse la tortura fónica, nuevamente Tonantzin rompió en llanto, esta vez más fuerte, más violentamente.

—*Nopipiltotonhuan, ¿tlein ochchiuhqueh? ¿Tlein Oquimmochihualih? Auh nehuatl oniquihuelich tepantlatocatzin aic, aic nihueliti. Niquihuiquiliz ca nocal ompa Tepeyacac niyauh. Axcan ommonechcohuah in miyac xiquipilli. Ninelmatiz ihuan niquimpalehuiz, ca ahmo mexxicahcel, no mochintin notahtzitzinhuan*[14] —expresó Tonantzin con su voz resquebrajada. En la última oración se distinguía desesperación y esperanza al mismo tiempo.

---

14 Mis queridos hijos, ¿qué han hecho? ¿Qué les ha pasado? Y yo no pude ser intercesora jamás, nunca puedo. Tendré que ir a mi casa, en Tepeyacac. Hoy se reúnen miles allá. Sabré la verdad y ayudaré, no solamente a los mexicas, sino también a todos mis padres.

Después de que los tímpanos se readaptaran, luego del sonido afónico, nos levantamos los cuatro. No entendimos mucho de lo que dijo Tonantzin en náhuatl, pero yo reconocí la palabra *Tepeyacac* (Tepeyac). Supe inmediatamente a qué se refería: su templo, su casa en el cerro del Tepeyac. Durante la era prehispánica miles de indígenas se congregaban para adorar a Tonantzin; ya desde hace siglos ese lugar era un centro de peregrinaciones en esta región del continente americano.

—Chicos —les grité a los tres que estaban junto a mí—. Tonantzin debe ir al cerro del Tepeyac, ahí es su casa, ahí es su templo —dije yo, decidido bajo mi cubrebocas blanco. Todos los que estaban cerca de nosotros empezaron a balbucear: «¿Tepeyac?», «¿casa?», «¿Tonantzin?».

—Rodo, el templo ya no está, fue destruido —me aclaró Andrea, aún un poco aturdida por el grito divino. Vino como un golpe a mi cara, no se me pasó por la cabeza. La cantidad de templos mesoamericanos hoy es mínima, los españoles trataron de erradicar todo vestigio de falsos númenes. El templo de la diosa Tonantzin había corrido la misma suerte, hoy ese cerro únicamente alberga un gigantesco panteón. De lo que en algún momento fue gloria… hoy no existe su memoria.

—¿*Noteohcalpopololli?*[15] —preguntó Tonantzin. Nos había escuchado, pues Andrea había dicho eso algo fuerte. Todos nos volvimos, su cara tenía una expresión en la que se entendía cómo el corazón se resquebrajaba poco a poco, incrédula ante lo que apenas habíamos comentado. Las lágrimas de su rostro alcanzaron en mudos sollozos sus pechos caídos y el depravado collar ensangrentado de manos y corazones, hasta su ombligo y, finalmente, su escalofriante falda de serpientes.

—*Ahmo, ahmo, ahmo. ¡Ay, nopilhuan! ¡Nopilhuan!*[16] —las palabras de la diosa se escucharon por todo el Templo Mayor,

---

15 ¿Destruido mi templo?
16 No, no, no. ¡Ay, mis hijos! ¡Mis hijos!

expresadas por sus suaves labios mexicanos que tiritaban los vocablos ininteligibles para nosotros.

Acto seguido, se dio vuelta y empezó a correr hacia el norte. Sus 13 trenzas comenzaron a brincar con sus pasos. Sus zancadas eran como… humanas, no sé de qué otra manera describirlas. Corría como una mujer, solo que con sus grotescas garras de ave de rapiña y con la solemne música producida por los cascabeles de su prenda inferior. Pasó sobre nosotros y todos nos agachamos, tanto la multitud como mis amigos y yo. Dos segundos después se escuchó el grito de un hombre de mediana edad:

—¡Síganla, va al Tepeyac! —y de ahí una estampida se movilizó en dirección opuesta al Templo mayor: la calle República de Argentina.

XVI

«Bueno, no era lo que ella esperaba, pero algo era rescatable de ese acontecimiento. Al menos ya estaría cerca de la región que era el objetivo para su plan de toda la vida. Veré a la gente aceptando que todo lo que han creído en realidad es mentira, *velis nolis*; a lo único que se aferran es a un vestigio virreinal. Hoy caería la esperanza religiosa en México, ante los ojos de cientos, miles, millones, y eso les obligará a pagar a aquellos que mis sueños infantiles me robaron», pensaba la mujer mientras se alejaba del Templo Mayor, por las calles del Centro Histórico de la ciudad.

Había estacionado su coche en las cercanías. Estaba lista para seguir a Tonantzin. Debía interceptarla en su camino, así la diosa haría el trabajo al que ella la tenía destinada. El fuego del templo, el dolor en sus corazones, era algo que ella necesitaba ver: debía ver esa chispa de ilusión apagarse, tal como años antes los regentes de esa religión habían hecho con sus sueños.

Llegó a su automóvil, lo encendió e inició su camino por la calle Rodríguez Puebla. Mientras manejaba, llegaron esos tristes recuerdos de la infancia. Se vio a sí misma, de unos cinco años, jugando en el patio. Estaba sirviendo obleas en un plato de plástico y jugo de arándanos en una copa de juguete que ella tenía, de color rosa. Estaba dando misa a sus peluches.

«No señor conejo, no le pegue a su hermano, a Dios no le gusta eso», dijo ella. «Recuerde que todos debemos amarnos, solo así llegaremos al cielo».

Siguió con los avisos dominicales de su ceremonia y al final bendijo a todos sus animales de felpa. Las lágrimas empezaron a formarse en los ojos de la mujer que iba al volante. Recordaba cómo creía que la religión podía llevarnos a un mundo mejor, más pacífico, más templado, más feliz. Por eso de niña deseaba ser sacerdotisa, aconsejar a todos los que lo necesitaban, auxiliar en su pequeña capilla a los más necesitados para que no pasaran hambre o dolor.

Al cumplir los 6 años, en septiembre de 1968, después de una misa a la que fue con sus padres, ella se acercó al padre de la parroquia, quien se encontraba al lado derecho del altar. Era un hombre de unos 60 años, algo gordo, calvo y con un par de lunares en su rostro; llevaba una sotana blanca con verde, o al menos así se acordaba ella.

«Padre, ¿qué debo hacer para ser como usted?», dijo la tierna niña. El sacerdote se volteó, la miró y una sonrisa se formó en su faz; pero luego ese gesto pasó de ser algo amable a algo sarcástico: el cura se estaba riendo. La carcajada resonó en toda la iglesia. Ella no sabía qué hacer, se sentía apenada de haber preguntado eso.

«¿Tú? Tú nunca podrás dar misas ni tener tu iglesia, como yo. Una niña como tú solo podría ser una monja. Nuestra religión no permite que las mujeres den misa», le dijo él en tono burlón y condescendiente. «Pero, ¿por qué?», preguntó ella con un poco de miedo, quería hacer un puchero, pero se resistió. «Porque así son las cosas y lo tienes que aceptar», le contestó él en tono firme y algo severo.

«Pe… pero Dios…», dijo al final ella, temblando. «Dios ¿qué? Nosotros somos los que importamos», concluyó el padre, señalándose a sí mismo con la sonrisa más perversa e hipócrita que en su vida entera ha presenciado.

Ella se retiró llorando por uno de los pasillos de la parroquia, dando algunos gritos. Todos en la iglesia, incluso sus padres, pensaron que había hecho algún berrinche; solo ella sabía que no era debido a eso. Sus sueños de hacer un mundo mejor habían sido aplastados, y de una manera tan brusca que siempre lo recordaría.

Poco después, el 2 de octubre de ese mismo año, acudió con su hermana a esa manifestación. No sabía ella qué le veía a estar en el sol gritando por horas. Su hermana acababa de ingresar a la Facultad de Ciencias de la UNAM; era poco más de 12 años mayor que ella.

El lugar a donde fue con ella y sus padres era muy raro, había una gran muchedumbre, traían pancartas, muchos eran estudiantes, algunos incluso traían mochilas. Estaban parados sobre pasto, detrás de ella una iglesia que parecía antigua, a su izquierda plataformas grises de piedra; no sabía que eran vestigios de templos indígenas. Al otro lado, un edificio cuadrado de color gris, muy alto, con personas en los balcones.

De repente, bang, bang, bang. Sus padres la tomaron de los brazos, había gritos, toda su familia iba al templo cristiano, las puertas estaban semiabiertas. A unos metros de su arribo, el cura responsable del templo empezó a cerrar las puertas de la iglesia. «¡No cierre!», gritaron varios; pero cuando todos llegaron a las puertas, ya estaban cerradas. Muchas personas golpeaban la puerta con sus puños, gritando para que se les admitiera la entrada. El ruido insoportable del lugar empezó a incrementarse, más sonidos estrepitosos de «bang». Comenzó a oler a sangre, su madre gritó «¡noooooooooo!», un sonido incomparable que nunca había oído de ella. Volteó hacia donde miraba ella y entonces contempló con horror a su hermana, en el suelo, con su cabello teñido de rojo.

Un claxon la hizo volver a la calle Rodrigo Puebla. Enfrente de ella el tráfico se había densificado. «Este no es momento para sentimientos, hay cosas por hacer». Intentó concentrarse, enjugándose las gotas de líquido que habían brotado de sus ojos.

Estaba a vuelta de rueda la calle, ella sabía que así no llegaría nunca a tiempo con la diosa. En eso, por el retrovisor derecho de su auto pudo ver a un chico que conducía una motocicleta. Se encontraba a unos veinte metros de su vehículo.

No lo pensó dos veces: «Tengo que llegar». Abrió la puerta del copiloto con torpeza, el joven se estrelló contra ella y la desprendió del vehículo; los mirones en la calle dijeron «oooooh». La mujer salió de su auto, corrió por enfrente de su medio de transporte y rápidamente levantó el del muchacho. «¡Hey!», le gritó el joven, mientras ella avanzaba en moto hacia el Tepeyac.

XVII

6:25 p. m. Esos 15 minutos me parecieron media hora desde que chequé por último mi teléfono. Sucedieron muchas cosas y a una velocidad demasiado intensa. «¿Ahora qué?», me pregunté a mí mismo. Nosotros no habíamos salido corriendo con la estampida. No sabíamos qué papel debíamos jugar en este momento.

—¡Tenemos que ir al cerro del Tepeyac! —rompió el silencio Andrea bajo su cubrebocas.

—¿La seguimos por la misma calle con toda esa gente grabándola y gritándole como estampida? —señaló Miranda a Tonantzin, que se encontraba a unos cien o ciento cincuenta metros al norte de donde estábamos.

—No podremos nunca correr 6 kilómetros o más sin cansarnos. Ella no creo que se canse, es una diosa, corre y llora como un humano, pero no conoce el cansancio —agregó Luis.

—¡Tengo una idea! —dije yo, se me había prendido el foco—. La línea 7 del metrobús de la ciudad corre hacia el norte, hacia el Tepeyac. Con él nos moveremos velozmente; además, evitaremos pasar por Tepito y cruzar el Circuito Interior —no discrimino esos lugares, solo que el índice delictivo en el primero es altísimo y el segundo no es precisamente una zona peatonal.

—¡A Reforma!, está a unas calles al oeste. Corran, no tenemos mucho tiempo —concluyó Luis.

Todos comenzamos nuestra marcha sobre la calle República de Guatemala, al oeste. La gente iba en nuestra contra, no era mucha, pero pudimos ver más de 30 cubrebocas en la primera calle que recorrimos en contraflujo; querían ir en la dirección de Tonantzin. Pasamos por atrás de la inmensa Catedral Metropolitana. La primera cuadra, de poco más de doscientos metros, la recorrimos en más de un minuto. Era obvio que no llegaríamos: las mochilas representaban también un obstáculo para correr rápidamente.

La calle Monte de Piedad es perpendicular a la calle donde veníamos. En la esquina más cerca de la catedral nos detuvimos, estábamos fatigados; empecé a sentir yo un poco de dolor en los músculos por el ejercicio de esgrima que hice solo unas horas antes. Aquí la gente estaba un poco más tranquila, parece que ellos no habían presenciado la aparición de la diosa, mas juro que seguro escucharon ese horrible sonido.

—¡Miren, un mototaxi; en la contraesquina, allá! —nos dijo Miranda bajo su cubrebocas naranja, señalándonos el vehículo. Era un triciclo de gasolina, su armazón era rosa en la parte superior y blanco de la mitad para abajo, con logos de la capital del país pegados sobre esta parte.

Generalmente son bicitaxis o ciclotaxis, pero no era momento para cuestionar eso. Cruzamos la calle y llegamos con el chofer.

—¡Hey, señor!, ¿cuánto de aquí a Reforma por los cuatro? —preguntó Andrea al chofer, casi gritando.

—Aquí solo caben dos, señorita —nos contestó el hombre, su voz era un poco grave, correspondiente a su edad. Ya se le veían un poco de canas en el cabello y parte del bigote que sobresalía de su cubrebocas azul.

—Pero… ¡es una emergencia, tenemos que llegar al cerro del Tepeyac lo antes posible! —arguyó Luis.

—Sería demasiado peligroso, dos de ustedes irían sujetos al armazón. No caben —seguía negándonos el conductor.

—Por favor —dije yo, ya en un tono algo molesto—. Si vamos a caber en el infierno, que no quepamos aquí. Le pagaremos el doble si quiere. Vámonos.

—Hmmmm, ¿el doble? —lo sopesó el señor—. Correcto, pero no me hago responsable de cualquier daño. Serán entonces 200 pesos.

Nos subimos los cuatro. Miranda y Andrea se sentaron, Luis y yo nos apoyábamos en la plataforma del taxi y nos agarrábamos del armazón rosa de la parte de arriba.

—Tengo que llamar a mis padres, no voy a llegar a las 7, es un hecho. Además, ya está anocheciendo. Me pregunto qué recibiré cuando llegue a casa —les dije yo bajo mi cubrebocas blanco, mientras el vehículo iniciaba su marcha por la calle de Tacuba, continuación de República de Guatemala.

Con cuidado, todos sacamos nuestros teléfonos, teníamos que reportarnos. Apenas me había dado cuenta, pero ya no había tanta luz como ahora: 6:30 p. m. Anochecería alrededor de las 7.

Busqué el contacto de mi mamá. Llamé y a los dos timbrazos me contestó.

—¿Ya vas hacia casa? —me dijo inmediatamente, casi gritando.

—No, mamá, escucha. Tonantzin se dirige al cerro del Tepeyac, tenemos que ir a verla. No sabemos qué hará cuando vea que su templo no está —le dije.

—Rodolfo, no digas estupideces, te pasé que quisieras ir al centro con tus amigos, no me creí nada, absolutamente nada de tus cuentos de hace unas horas. ¿Una diosa? ¿Qué te ocurre? Ponte en camino a la casa ahora mismo o nos verás a tu padre y a mí realmente enojados.

—Mamá, necesito ir, y todo lo que te he dicho es cierto. En menos de 30 minutos empezarás a ver noticias de un espectro que camina por las calles del centro, en dirección norte.

—¿Por qué tienes que ir? —me preguntó, con más calma, pero seguramente estaba colmando yo su paciencia. Sin embargo, no respondí al instante esa pregunta. ¿Teníamos Miranda,

Andrea, Luis o yo la obligación de ir tras Tonantzin? No, no teníamos por qué, solamente un impulso moral. Una sensación de deber, aunada a una curiosidad inmensa de saber qué pasaría.

—Porque es algo que inicié y tengo que terminar. Voy a ir al cerro del Tepeyac a impedir que una diosa haga algo estúpido en el lugar o a consolarla si es necesario —colgué el teléfono. Una ola de culpa me recorrió el cuerpo; no suelo hacer eso, sabía que me metería en problemas al llegar a casa. Tendría que llegar en algún momento.

Miranda, Luis y Andrea también estaban discutiendo con sus familias, imagino que tenían ese mismo dilema. ¿Cómo hacer creer a su familia que una diosa se dirigía a su casa destruida en el cerro del Tepeyac?

Pasamos el Museo de la Inquisición. Íbamos a una velocidad considerable, no había mucho tráfico por fortuna en la calle de Tacuba. Los transeúntes mayormente iban en dirección contraria, buscando saber qué había sido ese sonido estrepitoso de Tonantzin. Sesenta por ciento de ellos no traía cubrebocas. Uno de los que no llevaba protección para salir a la calle en tiempos de pandemia de coronavirus traía un estandarte de la Virgen de Guadalupe.

—Ay, por Dios, ¿cómo pude olvidarlo? No podremos usar el metrobús de Reforma —les dije a mis amigos mientras pasábamos un bache—. Hoy es 11 de diciembre. Las peregrinaciones obstruyen la calzada de Guadalupe y Misterios, que llevan a la Basílica de Guadalupe. El servicio seguramente está suspendido.

—Cierto —dijo Andrea, un poco decepcionada.

¿Cómo podríamos llegar ahora desde donde nos encontrábamos hasta el cerro del Tepeyac, antes que Tonantzin?

—Tengo una idea —dijo Luis entusiasmado, tanto que casi se suelta del armazón rosa—. Hay que usar unas ecobicis.

—¿Hay en esta zona? Yo sabía que están limitadas al centro-sur de la ciudad; prácticamente no existen en las delegaciones del norte de la Ciudad de México —contestó rápidamente Miranda, mientras dejábamos atrás el metro Allende y el Café Tacuba.

—Bueno, no sé dónde hay estaciones de bicicletas aquí en el centro, ese sería el único problema —respondió Luis con voz pensante.

—Esperen, ¿el sistema de ecobici en la ciudad no se usa solamente con membresía? —pregunté yo.

—No, ya no. Ahora se puede usar con la tarjeta de movilidad integrada, la misma que usaste para entrar al metro —me dijo Andrea al ver el Museo de la Tortura a la izquierda del frente del vehículo.

Lo había olvidado. A inicios de año, el gobierno de la capital unificó los medios de transporte colectivos: metro, metrobús, trolebús, camiones RTP y el cablebús. No tenía idea que también la ecobici. Es una maravilla pagar el pasaje de cada día con una tarjeta, solo que estos servicios tienen más disponibilidad en el centro y sur de la ciudad, en el resto del área metropolitana abundan aún hoy servicios de transporte privados: peceros, combis, «guajolojets», microbuses, etc. La mayoría de ellos con costumbre de conducir similar a la de una competencia de carreras, y muchos de ellos seguros como una callejuela sin alumbrado público a altas horas de la noche en México. La cantidad de asaltos, delitos, así como lesiones o muertes por accidentes en este tipo de transporte hoy suma un número considerable, mucho mayor que el que debería ser (0 es el ideal, por si se lo pregunta). Aún falta mucho transporte público en la Ciudad de México.

—Hay una estación cerca de la estatua de «El caballito» sobre Reforma; ese paradero de ecobicis está muy cerca de aquí —les comenté, mientras podíamos observar «El caballito» original a nuestra derecha, el Museo Nacional de Arte atrás de él y al lado opuesto el Palacio de Minería.

—No sé de dónde le ven forma ecuestre a esa estatua en Reforma —comentó riéndose Andrea. Su risa nos levantó el ánimo a todos.

Llegando a la esquina de esa calle, nos tuvimos que detener por un alto que dejaba pasar el tránsito del Eje Central Lázaro Cárdenas. A nuestra izquierda, el edificio porfirista del Palacio Postal. Luis le avisó a nuestro conductor que teníamos que ir ahora al monumento ecuestre en Reforma.

XVIII

Al cruzar el Eje Central Lázaro Cárdenas, la calle por donde veníamos se convirtió en avenida Hidalgo. A nuestra izquierda, un cuarto de kilómetro al suroeste, se alzaba ante nosotros la enorme Torre Latinoamericana, con colores azules y grises en su fachada. En ese punto, hasta hace casi medio milenio, terminaba uno de los primeros zoológicos del mundo: el zoológico de Motecuhzoma, donde había, por mencionar algunas especies, coyotes, gatos monteses, lobos, aves de río o marinas, de rapiña, e inclusive hombres deformes (comprensible para la época, aún durante el imperialismo europeo, los zoológicos humanos fueron una realidad).

Igualmente, de este lado de la acera estaba el lado posterior del Palacio de Bellas Artes, edificio reflejo del completo afrancesamiento que tuvo el país durante el Porfiriato, a finales del siglo XIX y principios del XX. En este periodo, aunque se pacificó al país de las guerras del siglo XIX, que azotaron a los mexicanos desde su independencia en 1821, y hubo un gran avance científico, cultural y tecnológico, se causó bastante sufrimiento a la población rural y a la clase obrera en lo que respecta a las cuestiones laborales y sociales, asimilándose en algunos momentos a la situación socioeconómica de castas que existió en México, por 300 años, durante el Virreinato.

Pasamos el Museo Franz Mayer a nuestra mano derecha, mientras veíamos los hermosos árboles de la Alameda Central. Poco antes de la avenida Reforma, llegamos a una esquina con la calle Dr. Mora. En esa esquina había algunos paracaidistas, a los que solo pude ver de reojo. Era una familia con tres hijos y dos adultos. La carpa se ataba de una rama gruesa de un fresno, era azul marino con cordones blancos que la sujetaban. Solo tres de ellos tenían cubrebocas blancos, un poco sucios.

Me dio mucha tristeza, es una de las 25 000 familias que perdieron su vivienda durante el terremoto de tres años atrás. El 19 de septiembre de 2017, a la 1:14, un terremoto de tipo trepidatorio y ondulatorio azotó la región central del país. Miles de construcciones sufrieron daños estructurales, entre ellos el hospital del IMSS en mi colonia. Aún hoy hay edificios en reconstrucción en la capital y en los estados aledaños.

Aún no puedo concebir los gritos, la incertidumbre. Hubo un video de una señora mayor que fue auxiliada cerca de unos escombros, no salió lastimada físicamente, pero abrazaba a uno de los brigadistas diciendo: «Se cayó mi casa, se cayó mi casa. ¿Dónde voy a vivir?». Es una historia de muchas personas que fueron marcadas a partir de ese día.

La ayuda gubernamental recibida entonces no fue decisiva. Había cuerpos policiales, algunos individuos del ejército y brigadas de rescate, pero la mayoría era población civil, mexicanos que movieron escombros con sus manos para ayudar a gente atrapada debajo de los derrumbes.

Tengo un recuerdo muy vívido de ese día, cuando finalmente pude salir de la escuela con mi hermana y abuela. Un vecino gritaba a los habitantes de la colonia donde se encontraba mi secundaria: «¡Vamos, traigan picos, palas; hay personas ahí dentro!», decía, apuntando a unos escombros a sus espaldas.

En los dos últimos años se han construido viviendas para aquellos infortunados que sufrieron pérdidas materiales; son hasta hoy alrededor de 6 000 familias las que tienen un techo sobre su cabeza. El partido de turno durante el sexenio pasado no movió ningún dedo para la construcción de hogares de las víctimas, de ahí que solamente el 25 % de los afectados durante el desastre, hasta el presente, hayan sido auxiliados.

Alrededor de un mes atrás de ese día vi un comercial político en los canales públicos de la televisión: «Al PRI nunca le ha quedado grande ninguna crisis ni desastre…». Mentiras. Al momento de escuchar su amañado discurso sentí asco, repulsión y duda. ¿Ya habrán olvidado los chilangos la cantidad de daños que hubo en ese terremoto o durante el ocurrido en 1985? Esas experiencias se le quedan grabadas a uno, pero puede que se vayan olvidando los detalles de la situación de los demás.

Mi teléfono comenzó a vibrar, me devolvió al presente. Íbamos dando vuelta en Reforma, hacia el sur. Saqué mi aparato y revisé la pantalla: papá. Sabía que estaba en problemas, pero sabía que serían mayores si no respondía.

—¡Papá, déjame explicarte! Tonantzin va al Tepeyac, tenemos que ir con ella.

—Rodolfo, tu madre me llamó por teléfono gritándome, diciéndome tus planes de ir de noche al lugar más concurrido en esta época del año. Así como tu madre, te pasé que fueras al centro a divertirte; yo tampoco creí nada de lo que decías, no hace sentido —me dijo con un tono enérgico, aunque no iracundo, sino más bien algo decepcionado, estresado. En el fondo se escuchaba un poco de tráfico, quizás ya iba camino a casa.

—No estoy diciendo mentiras. Lo verás en las noticias, estuvimos desde hace unas horas en contacto con una diosa, con Tonantzin. Sé que vamos hacia un lugar donde seguramente nos contagiaremos de coronavirus, pero tenemos que ir, tenemos el deber moral de ir.

—No tienes la obligación de nada —me corrigió él severamente—. ¡Regresa a casa ahora mismo o las consecuencias serán peores!

—¡No iré! Llegaré a casa más tarde, estaré bien. Todo estará en las noticias en menos de 20 minutos. Me tengo que ir. Nos vemos en la casa —colgué.

Por Dios, eso fue desequilibrante. Sentimientos de remordimiento una vez más me agobiaron, empecé a sentir algo de náuseas. Miranda me preguntó si estaba bien, le contesté que más o menos. Ninguno de nosotros, creo yo, tenía el permiso de nuestros padres, mas algo muy fuerte, profundo y atractivo nos llamaba a desobedecerlos, al menos por esta ocasión.

A nuestra derecha, la escultura «El caballito» apareció frente a nosotros. Le pedimos al chofer que nos dejara en la bifurcación que se encontraba a pocos metros. Nos bajamos, Luis sacó de su mochila 100 pesos, Miranda 50 y yo 50 más. Se los dimos a toda prisa al señor, mientras ya corríamos hacia donde estaba la estación de ecobicis.

Había 5 disponibles, por fortuna. En la máquina que se asemeja a un pequeño poste pasamos nuestras tarjetas y liberamos así cuatro de ellas. Algunas personas que pasaban por ahí con cubrebocas, y otras sin él, nos observaron con disgusto. Imagino que no les agradaba nuestra prisa.

—¿Llegaremos a tiempo? —preguntó Miranda un poco insegura.

—Hay que intentarlo, no hay garantías —respondió de manera positiva Andrea bajo su cubrebocas morado.

—Será una carrera contra el tiempo —agregó Luis—. Ya está anocheciendo.

No podía creerlo, era cierto, la luz ya no era la misma que hace unos minutos. Ya se veía la luna en cuarto menguante sobre nosotros, en un cielo naranja pálido. Eran las 6:38 p. m. cuando le colgué a mi padre.

—Tenemos mucho que pedalear, vamos —los motivé antes de emprender una competencia cuya meta era el Tepeyac.

XIX

Tomamos el carril ciclista verde de la avenida Reforma que va hacia el norte de la ciudad. Por fortuna nos tocó luz verde en la Av. Juárez, que resultó nuestra primera intersección. Al cruzar esa avenida volteé a mi izquierda y pude ver la escultura «El caballito de Sebastián», del arquitecto chihuahuense Enrique Carbajal. Se colocó en ese lugar, en 1992, como remplazo de otra escultura ecuestre: «El caballito» original de Manuel Tolsá, mejor dicho, la estatua ecuestre de Carlos IV (la cual representa al rey galopando sobre un equino).

La obra primera se erigió en honor a Carlos IV, rey de España, y la construcción fue de 1796 a 1803. Esta estatua estuvo en el Zócalo de la capital de la Nueva España hasta la Independencia, cuando fue movida a lo que hoy es el edificio de la Suprema Corte de Justicia. En 1852 se colocó en la posición que ocupa la pieza amarilla de nuestra izquierda.

«El caballito» fue movido finalmente enfrente del MUNAL en 1979, donde hoy se encuentra, y, de hecho, pasamos ese día. La abstracta escultura de ese momento fue colocada ahí con el fin de crear un respiradero de drenaje profundo sin que este perjudicara la imagen de la Av. Reforma.

Es un monumento de caprichosas figuras rectangulares amarillas, que se doblan desde su base para hacer la cabeza de un caballo. No obstante, tenía que aceptar lo que Andrea había dicho minutos antes: no tiene la mejor forma de aquel animal, prefiero los equinos de un ajedrez de madera.

Seguimos pedaleando hasta toparnos con la avenida por donde veníamos: Hidalgo. Igual a nuestra izquierda había una pequeña parada de metrobús con el nombre de esa calle. Estaba repleta, por lo menos había 20 o 30 personas esperando; de ellas, alrededor de 80 % traía cubrebocas o careta. Al momento pensé que era un alivio haber encontrado una alternativa: no habríamos podido subirnos a tiempo; además, ese medio de transporte podía ser algo lento a veces.

Al tiempo, se prendieron las lámparas del alumbrado público. Estaba empezando a oscurecer, no sé qué hora era, pero seguro era poco menos de un cuarto para las 7. El ocaso estaba a solo 15 minutos, me preguntaba cómo se vería la zona del Tepeyac solamente con el alumbrado público, además si deberíamos subir el cerro a oscuras siguiendo a Tonantzin.

Continuamos en nuestras bicis. Después de pasar la avenida anterior, cerca de medio kilómetro, no hubo más cruces y pudimos tomar velocidad. En los carriles centrales de Reforma había una peregrinación, hasta nosotros llegaban los cantos: «La Guadalupana, la Guadalupana bajo el Tepeyac». Solo la mitad de ellos tenía una mascarilla.

Después de pasar a los feligreses y una glorieta, nos volvimos a encarrerar; ellos iban a mi ritmo, o yo al de ellos, la verdad no estoy seguro. Solo sabía que el ejercicio de poco antes estaba matando mis muslos. El tráfico en los carriles principales, tanto de ida como de vuelta, estaba densificándose. Arribamos junto al inicio de la colonia La Lagunilla, que alberga su famoso mercado, cuando nos tocó un alto. A nuestra derecha se encontraba un mercado curioso en cuestión no solo de artilugios, víveres, animales y comida, sino también en el ámbito de los aromas. Un lugar con olor a sudor, azúcar, droga, alcohol, prendas nuevas, grasa, orina y otras fragancias indescriptibles. A pesar de poseer un alto nivel de inseguridad, la cantidad de personas que compra en el mercado de La Lagunilla es astronómica por su disponibilidad de prácticamente cualquier cosa, sea legal o no.

Alcé la vista hacia el semáforo. Junto a él, en otro poste, se podía leer *Aeropuerto* ⇨ en un letrero metálico verde con letras blancas. Brilló la luz verde y arrancamos. El recorrido se me hacía eterno, no podía creer que estuviera tan lejos, y nos faltaban aún 4 o 5 km. Perdía las fuerzas cada vez que intentaba concentrarme en pedalear más fuerte. Nuestras petacas, a pesar de no ser muy pesadas, estorbaban y nos cansaban.

Cruzamos una rotonda más en la avenida Reforma. Los vehículos a nuestra izquierda estaban a vuelta de rueda o detenidos completamente; se escuchaban muchos ruidos de claxon. Igualmente, dimos alcance a más peregrinaciones, y los cánticos se escuchaban algo más fuertes: el Himno Guadalupano.

Estábamos a unos doscientos metros de la bifurcación de Reforma en la Calzada Misterios y la Calzada de Guadalupe, cuando pasamos a nuestra derecha el Museo Indígena. No tuvimos tiempo de admirar su fachada roja, íbamos como bólidos. La cantidad de luz ahora era casi mínima, solo podíamos guiarnos con las luces de los faroles de la calle y los faros de los automóviles. Más adelante, el brazo izquierdo de la Y en que se dividía la avenida que circulábamos estaba completamente congestionado, policías desviaban el tránsito a la Calzada de los Misterios. No era posible pasar más que a pie a la Calzada de Guadalupe, el brazo derecho de la Y.

En la esquina de Reforma con Canal del Norte/Manuel González nos detuvo un alto y empezaron a oírse gritos, desesperados, tristes, fuertes, fuera de este mundo; indescifrables como los de hace poco menos de una hora: «*Ahmo, ahmo. ¡Ay, nipolhuan!*». *(No, no. ¡Ay, mis hijos!).* Se escuchaban cascabeles cada vez más cerca.

De repente, Tonantzin salió corriendo unos metros a la derecha, en dirección al norte, se le atravesó a un camión de

Marinela que iba por la avenida perpendicular a nuestra vía, Av. Canal del Norte, haciendo que frenara súbitamente; otro coche le llegó por atrás. El vehículo comercial giró 90 grados y bloqueó 3 de los 5 carriles disponibles.

Atrás de ella, una turba de personas gritándole, venerándole, grabándole, rezándole, corriendo tras de ella, intentando alcanzarla. De sus bocas resonaba: «¡Tonantzin!, ¡Tonantzin!». Entre ellos había una cámara de reportero, iba en una motocicleta: Milenio, decía la etiqueta del dispositivo.

Ella entró en un parquecito en la contraesquina de donde nos encontrábamos. No era muy grande el área verde, pero contenía mínimo unos treinta árboles. La diosa se desplazaba a un metro y medio o más del suelo, ahora que estaba un poco más cerca lo admiraba mejor. Sus trece trenzas se movían rimbombantemente sobre su espalda descubierta al ritmo de su carrera. De pronto, una de ellas se atoró en un árbol, su cuerpo pareció resbalar en el aire, sus garras amarillas de águila llegaron a más de dos metros de altura; su cabeza y sus senos brincaron por el aire (y con ellos su collar de corazones y manos humanas); hojas marrones y verdes cayeron a su derredor. Se estabilizó luego, se volvió y con sus manos retiró con brusquedad sus cabellos de las ramas donde se atoró. Su cara se veía mojada, los caudales de lágrimas se marcaban en su faz, estaba roja de la nariz igualmente. Se pasó una mano por sus ojos rápidamente, inspiró y se escuchó un poco de mucosidad. Acto seguido, volvió a correr a lo largo de la Calzada de Guadalupe, hacia el norte, hacia el Tepeyac, hacia su antigua casa.

XX

Luz verde. Cuando nuestras bicicletas se pusieron en marcha oscureció por completo, sabía que ya eran las siete de la noche, hora en que se suponía que debería de llegar a casa. «¡Tonantzin!» le gritó Miranda. Luis alzó la voz después: «Espere, no vaya a su templo». Ella nos llevaba unos diez metros, la gente tras ella nos pisaba los talones. En particular la cámara de Milenio se encontraba a solo dos pasos de la diosa, cuando retomó su rumbo.

Tonantzin volteó sin cesar de correr. Las lágrimas en su rostro eran mágicas, muy acuosas, casi brillantes a la luz del alumbrado público. Una vez más se podía observar el agobio, la angustia de una madre por su casa destruida y sus hijos. Giró su cabeza hacia el frente y sus garras de águila aceleraron el paso, su falda de serpientes se movía ahora muchísimo más rápido, haciendo que se multiplicara su cascabeleo.

Los policías que redirigían a los vehículos en ese instante, para que los peregrinos guadalupanos no tuvieran ningún accidente en su viacrucis, se desconcentraron cuando ocurrió el choque y ese ser misterioso pasó volando. Vi cómo los gendarmes y algunos de los conductores de autos y motos se bajaban de sus coches para ir tras ella.

La multitud que teníamos atrás nuestro o al lado aumentaba a cada segundo. Empezamos a toparnos con más y más feligreses en la vía. Alrededor de 40 % de ellos tenía cubrebocas.

El intervalo entre el reportero motociclista y la diosa había aumentado. Tonantzin corría ahora más rápido. Sus lamentos no habían cesado, aún se escuchaban murmullos en su lengua en peligro de extinción; por otra parte, su llanto también seguía oyéndose y, así me pareció, le daba fuerza a la multitud que, en nuestra retaguardia, le seguía.

—*Ahmo, ahmo. Auh, notahtzitzinhuané. ¿Incampa namechonhuicaz?* [17] —clamaba la diosa.

Al oírla entonces supuse que se quejaba de sus hijos, recordándome la leyenda famosa de la Llorona: una madre que se lamenta por las calles en el nombre de sus hijos muertos. La leyenda colonial pudo tener pie a partir de un presagio reportado antes de la llegada de los españoles: una mujer que lloraba por sus hijos, preguntándose a dónde los llevaría. Quejidos femeninos que avisaban de las tragedias que al mundo mesoamericano le esperaban. ¿Habrá sido Tonantzin? Despejé mis decenas de preguntas para concentrarme en la aventura de ese día.

Conforme avanzábamos, versos religiosos resonaban en el aire, en la oscuridad del norte: «Ojos negros, piel morena, mi virgencita americana… Dios le ha dado una madre de su mismo color».

Solo tres minutos después pasamos el circuito interior. Estaba cerrada la vialidad. Los cuatro seguíamos pedaleando, tratando de conservar el paso que llevaba Tonantzin. Después de pasar esa intersección grande vimos una caravana de cien peregrinos del lado opuesto de la calzada. Tenían dos estandartes con la Virgen de Guadalupe y montones de rosas. En el camellón de la avenida también iban otros, pero un grupo más pequeño, de unos veinte quizás.

Me figuré un horror para unas calles adelante. Hoy es 11 de diciembre, mañana es el día oficial de la Virgen de América. Millones vienen a adorarla desde hace siglos, este año se batirá un récord, una marca en el número de personas que

---

17 No, no. Ay, padres míos. ¿A dónde los llevaré?

piden por un año mejor sin pandemia. Jamás he creído que Dios intervenga en el mundo humano, ¿por qué habría de hacerlo ahora con esta enfermedad que nos aísla de la vida que llevábamos hasta 2020? Sin embargo, ahora era diferente, Tonantzin es una diosa y existe. No supe si eso significaba esperanza o alguna señal.

«Virgen morena. Reina de la esperanza», más cantos de decenas de cientos de metros más adelante.

Tonantzin no se detenía ni tampoco nosotros. Habían pasado alrededor de 7 u 8 minutos cuando divisamos la plaza Tepeyac a nuestra derecha. De la izquierda, por la avenida Victoria, salió otra moto con un reportero y una cámara sobre ella. Esta vez, el aparato tenía adherida una etiqueta que decía Televisa. Mientras tanto, la multitud a nuestras espaldas ya se había quedado un poco atrás; al voltear, vi que tenían como mínimo ciento cincuenta metros de diferencia entre ellos y nosotros.

Unas cuadras más adelante del Teatro Tepeyac, una multitud de peregrinos abarcaba los carriles que iban al sur y al norte de la calzada, así como el camellón que había en la avenida. Seguir en bicicleta ya no era una opción, y la verdad quién sabe en qué momento Tonantzin se detendría. No sé cuánto más faltaba para el cerro del Tepeyac, tampoco cómo podríamos escabullirnos entre los miles de fieles que había adelante bloqueándonos el camino.

Las motos que llevaban a los reporteros bajaron súbitamente su velocidad. La cantidad de personas frente a nosotros, cuando pasamos la fachada roja fuego y blanco con anuncios y grafitis del Teatro Tepeyac, había incrementado más de lo esperado. Podían seguir todavía a la velocidad que llevábamos nosotros.

«Dios bendiga este día venturoso y bendiga la prenda que adoro, y los ángeles canten en coro por los años que van a cumplir». Cantaban unos oaxaqueños a ritmo ranchero, mientras pasábamos la avenida Tesoro, perpendicular a esta calzada. Al momento pensé lo irónico que sería cuando se dieran cuenta de que Tonantzin podría ser su verdadera madre, y entonces bendecir la única prenda que tiene: una falda de serpientes.

Más y más gente había enfrente de nosotros. También redujimos nuestra rapidez hasta que no pudimos seguir más en bicicleta. Cuando llegamos a la avenida Malintzin, un cruce cuadrangular muy amplio, descendimos de nuestras bicis; las personas de Milenio y Televisa tiraron su motoneta y comenzaron a correr entre la multitud que había al frente, abriéndose paso entre los transeúntes distribuidos por la acera, el asfalto y el camellón de la Calzada de Guadalupe.

Desde donde nos encontrábamos, a un kilómetro y medio, se veía vagamente en la penumbra de la joven noche el cerro del Tepeyac. Tonantzin siguió avanzando, supongo que sus emociones y la oscuridad no importaban al preguntarse si su templo seguía allí como lo recordaba. Ahora susurraba: *¡Nocal, nocal, nocal!*[18]

Junto a mí, a la izquierda, estaban Miranda y Luis, con sus cubrebocas naranja y verde; a mi derecha Andrea, con su cubrebocas morado. Todos estábamos jadeando como perros, muertos por haber pedaleado los últimos kilómetros; el sudor salía de nuestro cuero cabelludo y, en el caso de Miranda y en el mío, mojaba las agarraderas de la mascarilla.

Los fieles que teníamos enfrente, o al menos una buena proporción de ellos, no tenía la más mínima protección o medidas sanitarias contra el coronavirus; era como si no existiera tal enfermedad. Todos ellos voltearon a ver a la diosa cuando pasó por sus cabezas. Comenzó nuevamente un escándalo: gritos, gente grabando, rezando, atemorizados, maravillados, incrédulos, deleitados. «¡Miren esas trenzas y esa falda de ser-

---

18 ¡Mi casa, mi casa, mi casa!

pientes!», alzó la voz una señora entre la multitud. En un instante, todos comenzaron a avanzar, sus pies pusieron marcha hacia el norte.

Acto seguido, Andrea volteó su cabeza: más gente atrás, un sinnúmero de individuos en dirección del cerro del Tepeyac, de la Basílica de Guadalupe.

—¿Listos para contagiarse de coronavirus? —dijo Miranda, con una pequeña risa. No era risa burlona, sino irónica, sabiendo que no teníamos otra más que sumergirnos en la multitud para alcanzar a Tonantzin, pues si no avanzábamos nos pisarían los hombres y mujeres de unos metros más atrás.

Luis se puso en marcha, comenzó a correr, luego Miranda; Andrea y yo los imitamos. Después de dar el primer paso, imaginé lo peligroso que sería contraer la enfermedad; imaginar que mi familia podría caer en estado grave por mis decisiones. Aunque, claro, si ya estaba yo contagiado con ese virus ¿qué diferencia hacía entrar o no? Retiré esos pensamientos de mi mente y me metí con mis amigos entre los peregrinos.

«Virgencita mía, madrecita mía, inmediatamente me cobijo en ti. Y entonces mis penas se van de repente. Nace la esperanza otra vez en mí». Cantaban las personas de nuestro derredor.

XXI

Seguirle el ritmo a Tonantzin ya era un desafío, pues todos en la Calzada de Guadalupe se movían. No podía ver más que cabezas, cuerpos, estandartes, rosas blancas y alguno que otro cubrebocas desde donde me encontraba yendo hacia el frente. Por un momento perdí de vista a mis amigos y me asusté. Entre la gente les grité sus nombres y Andrea volteó: pude verla a solo dos metros delante de mí. Aceleré el paso, golpeé a una señora con mi mochila, creo que la tiré; francamente no quise mirar atrás.

Andrea me tomó de la mano y con verle sus ojos me consoló un poco del pánico de perderme entre la multitud.

—¿Dónde están Miranda y Luis? —le pregunté a Andrea.

—Están allá —me señaló hacia el frente, inclinado a la izquierda pude ver los cubrebocas y mochilas de ellos dos —no te preocupes por ellos, están juntos, y la peregrinación nos lleva en la misma dirección que ellos. Tranquilo, aquí estoy. ¡Vamos!

Le sonreí, me brillaron los ojos en ese momento, sentí una oleada de cariño y serenidad que redujo mis preocupaciones por otros asuntos para fijarme en el presente.

Tonantzin estaba ahora a unos cuarenta metros de nosotros, y en su carrera bajo el cielo oscuro apagaba las dulces melodías cantadas a la virgen de Guadalupe y encendía gritos, miedo, confusión, curiosidad y, me atrevería a decir, morbo.

Continuamos nuestro paso Andrea y yo hasta la calle que logré identificar como Garrido. Ahí, después de escabullirnos entre los espacios que había entre el flujo de gente, alcanzamos a Luis y a Miranda.

—¡Wow!, qué bueno que los encontramos, ya pensábamos que se nos habían perdido —dijo Luis, aliviado, sin reducir la marcha. Tonantzin estaba ahora a 50 metros más adelante, entrando al complejo de La Villa.

El complejo de La Villa está a las faldas del cerro del Tepeyac, y en este se encuentra la antigua y actual Basílica de Santa María de Guadalupe, la Virgen de las Américas, así como un cementerio, dos museos, un mirador, jardines y otras pequeñas iglesias o capillas. De hecho, encima de la reja de entrada al gigantesco santuario de La Villa existe en letras doradas el rótulo ATRIO DE AMÉRICA que da la bienvenida a la Plaza Mariana. Los barrotes negros eran visibles desde donde nos encontrábamos, con una hilera de árboles verdes con follaje en forma cúbica a sus costados, que cercaban y reducían el número de gente que podía pasar al complejo a la vez.

La reja negra tiene unos diez metros de ancho, con cinco aberturas que en ese momento estaban abiertas. En dos de los postes que se encuentran entre las puertas que dan paso al complejo flamean las banderas mexicana y vaticana. Tonantzin pasó por entre las dos telas segundos después de que los cuatro nos reuniéramos. Ahora ya no andaba tan cerca del suelo, sus garras de águila estaban a, mínimo, tres o cuatro metros del suelo.

La diosa se detuvo por completo a algunos pasos de la entrada de la reja. Aunque estaba de espaldas, desde la multitud podía afirmar que ella parecía confusa, desilusionada, en *shock*: tanta gente a sus pies y seguro casi nadie la reconocía; al menos no como su madre, sino como un ser extraño y grotesco.

Se elevó, comenzó a subir en el aire verticalmente, ascendiendo a la noche hasta los diez o doce metros de altura. Su campo de visión le permitía ver con más claridad la cima del cerro del Tepeyac, donde antes estaba su templo, donde hoy no hay nada de procedencia indígena, solo está el cementerio y, cerca de ahí, más templos católicos.

El numen llevó sus manos a su rostro, destruida, y comenzó a temblar suavemente, parecía que todo su cuerpo lloraba. Aun cuando estaba de espaldas a cien metros de nosotros, podía transmitir unos sentimientos de angustia incomparables. Sus hijos la habían olvidado, o quizás habían muerto. Por qué todas esas personas que le venían grabando y gritando no le reconocían; qué eran todos esos templos con cruces en sus interiores y exteriores; vendrían todas esas personas a verla. Tantas ideas podrían estar pasando por su mente.

El piso se empezó a inclinar, habíamos comenzado a subir la rampa que se encontraba antes de la reja, por donde nos sentimos los cuatro muy apretujados. Un señor gordo pasó su playera azul y su contenido voluminoso por mi brazo izquierdo y me recordó a algunos días de hora pico en el metro.

Tonantzin aún estaba arriba, derramando lágrimas, cuando nosotros llegamos a la entrada de La Villa.

—¡Por acá! —les indiqué a Andrea, Luis y Miranda para irnos hacia la derecha, atrás de los árboles de la entrada, frente a una columna gris de tres metros de alto coronada con una cruz blanca, de donde colgaba una placa con el número ocho en romanos y abajo un cuadro marrón y amarillo; era una de las escenas del viacrucis: Jesús consolando a las mujeres de Jerusalén en su camino al Calvario.

El número de personas asfixiaba. Nunca había pasado entre tanta gente como ese día. Sin embargo, más inconmensurable era lo que podíamos ver ahora, toda la Plaza Mariana que yacía frente a nosotros estaba ocupada: gente de todo México, Latinoamérica y el mundo estaba ahí.

Eran miles, quizás un millón de veladoras encendidas que alumbraban, junto con las lámparas que rodeaban a La Villa, imágenes santas y por santificar, toneladas de rosas, arreglos artesanales con forma de la virgen, figurillas de barro, danzantes vestidos con penachos de colores y coloridas vestimentas prehispánicas, con tela de bailes regionales de todo México y con cientos de colores de mascarillas y prendas (aun del otro lado de la plaza se escuchaban danzantes de jarabe poblano: «Señora de Guadalupe, yo quiero pulque, yo quiero pulque».). Niños traían globos con el rostro de Guadalupe en ellos; penitentes de rodillas, que vienen de todo el país, seguían su trayectoria hacia la basílica; olía a camotes, incienso, tamales, sudor, cerveza, orina, pulque, copal, amaranto, algodón de azúcar. Por todo el atrio había instrumentos que los músicos habían dejado de tocar. Todos *in situ* tenían su atención en Tonantzin: la verdadera Virgen, su auténtica madre, aunque quizás ellos no sabían quién era y que ella no era casta.

La plaza comenzó a quedar en silencio y, a medida que callaban los mortales, el sonido del llanto de la diosa con más intensidad se percibía. En un momento la plaza quedó silenciada, solo había murmullos de algunos, bocinas de coches en calles cercanas y los lamentos de Tonantzin.

En ese instante, a diez pasos de donde nos encontrábamos, una mujer alzó la voz de manera enérgica. Me parecieron muy familiares los sonidos de su expresión.

—*¡Tonantzin, nehuatl nicmitzpohualia ca omochiuh ihuan mochihua, in yehuatl in onimitzhualhuic!*[19] —dijo ella gritando, volviéndose todo el mundo hacia ella, no porque le entendieran, al menos no muchos de ellos, sino por interrumpir el silencio. Ella declamó a Tonantzin en náhuatl, lo cual hizo que la aparición volteara inmediatamente, aún con las palmas en su faz, descubriendo sus bellos ojos cafés.

—Conozco esa voz, podría creer que ella nos dio clase —afirmó Miranda.

---

19 ¡Tonantzin, yo te contaré lo que pasó y pasa, por eso te he traído aquí!

—Yo también, ¿no será…? —decía Luis, cuando decidí interrumpirlo.

—No, eso no es posible, nos dijo que se iría a casa —me interpuse a sus palabras.

—Rodo —me llamó Andrea, quien se había acercado un poco para ver entre algunos huecos del gentío— sí, es ella. Su gabardina de color rojo es inconfundible. Ven, mira tú mismo.

Me acerqué con el corazón palpitante hasta poder ver a la persona que le gritaba en náhuatl a Tonantzin. Imposible, pensé decepcionado, negándome a creer lo que observaba: era la maestra de historia, la profesora Verónica Cordero.

XXII

La maestra consiguió la atención de Tonantzin y de los miles de peregrinos en el atrio en donde nos encontrábamos. La diosa empezó a descender hasta unos cinco metros de altura, mientras se escuchaba un helicóptero en la cercanía. El tono de la profesora era fuerte, intenso, enérgico, decidido, casi como el que usaba en sus clases:

—*Tonantzin, ma xiquitta nonohuiyan. Inihqueh in tlacameh ahmo cateh ca mitzittacan, achi mochintin ahmo mocayomatih. Teopixquih cristianoyohuic oquinpolohqueh motlalnamiquia, moteohcal, motlacahuan. Ocmococoltihqueh iztiacatilizticanelmachtican, auh ochchiuh in monezquiyo occe teotl ca inihqueh on yehuantin otintlacaquilizcot, mitzpatlacan*[20] —se detuvo un momento la maestra, para que la diosa prehispánica lo asimilara. Esas palabras parecían haber sido muy duras para ella, puesto que ya no lloraba, sino que sollozaba y fruncía el ceño.

—*In yehuatl in onimitzhualhuic, inic xiquizahui tlacameh intlateomatiliztlan, yancuic mococonehuan, teteotiah acah ahximatilli, inoc teopixquitin quimmonecpoloah, quincuih inton, incahui ihuan intlacaquiliz. In tlalnamiquiliz on oquinquincuitlahuiltihqueh ca neltocacan tlatocayopantecah oquintechhualhuicalihqueh in icnoyotl, in atlamatiliztli, in atlaca-*

---

20 Tonantzin, mira a tu alrededor, por favor. Estas personas no están aquí para verte, la mayoría no sabe de tu existencia. Los sacerdotes católicos destruyeron tu memoria, tus templos, a tu gente. Se encargaron de predicar una verdad falsa, crearon otra diosa a tu semejanza para que los que en mente te tenían, te reemplazaran.

conemiliztli ihuan in tlacaittaliztli auh axcan tiquinpiah to-macehuallonepantla.[21]

Tonantzin estaba roja de furia, sus garras estaban en posición de caza y tenía apretados los puños con una fuerza sobrehumana. No había entendido nada del discurso de la maestra en náhuatl, pero pensé que era suficiente para sacarla de quicio.

—*Ahmo ixquichmeh otimitzelcauhqueh. Nehuatl, motetla-yecolti cenquizca, nocuel niquihtoa. Ihuan nicmitztlanilia ca xiquintlami inyolittalizzo tlacameh, inic xicemanahuacpalehui monelpal. Ma xiiteitquiliztlami yancuic teotl, ichpochtli Tlecuauh-tlacopeuh, ma xiitilmapolo Juan Diego, in inon teoyocoyalli inic imelahuayo acahmeh tlacuilohua, xiquipolo huey iteohcal*[22] —dijo, señalando el gigantesco templo con techo color aqua, a unos metros al noroeste—. *Yancuic pehuayotl yez ye incualli mochintin, ma xictechtitili in otli.*[23]

La diosa, iracunda, aún con su cuerpo tenso, volteó a ver a las masas congregadas en la Plaza Mariana y afuera del atrio, que se dirigían al templo de la Virgen de Guadalupe: su mirada mostraba desprecio. Segundos después, giró 120 grados y se dirigió caminando lentamente hacia la entrada principal de la Basílica de Guadalupe, ingreso coronado con la silueta de una gran cruz. En la entrada, a solo cuatro metros del suelo, se detuvo. Pudo leer la inscripción de letras áureas sobre mármol café rojizo: ¿…**No estoy yo aquí, que soy tu madre**…?

---

21 Por esto te he traído aquí, para que admires la devoción con la que la gente, tus nuevos hijos, alaban a un ser extraño, mientras la Iglesia se aprovecha de ellos, obteniendo su dinero, su tiempo y su mente. Las ideas que ellos obligaron a creer a los habitantes de todo el imperio nos han traído a la miseria, ignorancia, inseguridad e hipocresía que hoy en nuestra sociedad tenemos.

22 No todos te hemos olvidado. Yo, soy tu leal servidora, como otra vez te digo. Y pido a ti para que acabes con las ilusiones de la gente, para que salves al mundo a través de tu verdad. Acaba con el régimen de la nueva diosa, la Virgen de Guadalupe, destruye la tilma de Juan Diego, donde ese numen inventado para el interés de unos impreso está, destruye el templo principal en su honor.

23 Un nuevo inicio será lo mejor para todos, muéstranos el camino.

Casi todos se mantuvieron en silencio, salvo algunos que comenzaron a persignarse, rezar, implorar ayuda a la Virgen. Junto a nosotros, una señora mayor de 70 años, aproximadamente, usó sus escasas fuerzas para hincarse y rogar a su Virgen la destrucción de ese demonio flotante.

De pronto, Tonantzin giró sobre sí, viendo hacia el este, y divisó una escultura guadalupana de barro, de dos metros de altura, cubierta con rosas blancas y guirnaldas artificiales de color verde. La estatua, que imagino la habían traído entre más de una docena de personas, no estaba pintada, y desde donde estábamos mis amigos y yo (tal vez treinta metros) se veía que ostentaba detalles finísimos.

Con la mirada, Tonantzin levantó esa figura, casi sin inmutarse, para que los ojos de la obra coincidieran con los suyos; la acercó, flotando por el frío aire, mientras unos hombres gritaban:

—¡No, por Dios, no; por favor, mi Virgen no!—, pero nada pudieron hacer, estaba demasiado alto para ellos.

Tonantzin dio un paso a la derecha y la figura de barro voló, me atrevería a decirlo, casi supersónicamente, hasta estrellarse con las letras encima de la entrada. La Virgen quedó hecha pedazos, pétalos blancos de rosa y trozos de plástico fueron suspendidos sobre la multitud. Dos terceras partes de las letras y signos se desprendieron, ya solo era legible: **es y, que ?**

Aullidos de enojo y gritos de coraje comenzaron contra Tonantzin. Ella se movió ahora hacia la entrada desde arriba, pero los fieles le impidieron pasar. De un momento a otro no supe qué ocurrió, que personas surcaron los aires hasta unos cinco metros de altura. Tonantzin los había eliminado de su camino. Entró en la basílica y la perdí de vista.

Se armó un frenesí en toda la plaza, una mezcla de gritos de miedo y de ira. «¿Cómo puede venir a destruir así la iglesia de mi diosa?», pudieron preguntarse todos los que se encontraban en ese lugar. La indignación puede ser comparada con la que ocurrió hace medio milenio aquí, en la antigua México-Tenochtitlán, en todos los territorios de las Américas, cuando los españoles, portugueses, ingleses, franceses, holandeses y demás europeos comenzaron la destrucción de los templos de la población nativa. Los indígenas daban su vida por sus dioses, lo mismo que los caucásicos que llegaron del viejo mundo. Todo lo anterior, sumado a la abismal diferencia tecnológica de ambos, dio lugar al sangriento periodo de las conquistas americanas. Aunque esto ocurrió no solo en este continente, sino también algunos siglos después con la colonización de África, parte importante del continente asiático y los territorios de la vasta Oceanía. Antes de Cristo, en los dos milenios que han pasado, al menos así parece, desde su nacimiento y en este nuevo milenio, la humanidad sigue y seguirá dando la vida por su Dios.

De las alturas el helicóptero se acercó más a la basílica, poco después de que Tonantzin entrara. El insecto metálico gigante tenía una colosal calcomanía lateral: adn40.

A escasos metros de nosotros, al instante, redirigí mi atención. La profesora Cordero empezaba a hablar de nuevo, bajo su cubrebocas sus palabras eran ligeramente difíciles de descifrar, pero no imposibles. Ahora comenzó en español:

—¡Mexicanos, guadalupanos! Esa aparición del demonio se me presentó en un sueño, me anunció que destruiría la Basílica de Guadalupe para enseñarnos el verdadero camino hacia la verdad. De esa pesadilla me levanté sudorosa, pero una vez que me recosté nuevamente, nuestra amada virgencita se me apareció, me pidió por favor que la intentara detener —oraba la profesora a todo pulmón, con un sentimiento tan real que parecía aprendido en una escuela de actuación—. Ahorita hablé con ese escalofriante ser flotante que lloraba arrepentido de lo que iba a hacer para convencerla de aceptar la verdad de nuestra señora. Pero eso la enfureció más —la maestra gesticulaba de más, incluso se llevó la mano derecha a su rostro, representando tristeza, tragedia y frustración.

—No permitamos que ese ente maligno destruya la casa de nuestra diosa, de la madre de nuestro salvador. ¡Por nuestra Virgen! ¡Por la Virgen de Guadalupe!

Toda la gente de la Plaza Mariana se enervó y comenzó a correrse la voz, la atmósfera comenzó a sentirse tensa bajo la iluminación pública y a la luz de las llamas de las candelas. La concurrencia se transformó en una turba enfurecida, dispuesta a defender su templo y a su diosa (que, a diferencia de Tonantzin, nunca se había presentado a una cifra tan grande de personas, si es que realmente alguna vez había visitado este mundo). Sus pasos se encaminaron a la basílica, aumentando cada vez más la densidad de la multitud en ese punto.

Miranda avanzó cuando le jalé el brazo. Algo no cuadraba, la maestra no era una persona religiosa, siempre se había mostrado neutra en esas perspectivas en clase; además, el fanatismo religioso con el que habló en su último discurso no era propio de ella, y menos de alguien que estudia historia. Aunado a lo anterior, Tonantzin no había empezado a llorar porque se arrepentía de lo que haría, ella estaba desesperada por ver si su casa en el Tepeyac seguía ahí. Finalmente, no quería adentrarme entre todo ese gentío: era obvio que ya nos habíamos contagiado de coronavirus, además no es un placer estar apretujado por miles, intentando seguir adelante en tu camino. Cientos durante las últimas cuadras habían sido más que suficientes.

Andrea parecía que hubiese leído mis pensamientos:

—Tonantzin lloraba porque su templo fue destruido, quizás pensó que fue olvidada, pero... ella no tenía idea de la Basílica de Guadalupe, y dudo que hayamos ido al Templo Mayor solo para sentir arrepentimiento.

—Concuerdo, no tiene sentido. De igual modo, ¿por qué la profesora habría de dar dos discursos, uno en náhuatl y otro en español? —agregó Luis.

—Ahora que lo pienso. ¿No dijo algo Tonantzin cuando se nos apareció… algo de una mujer? —nos recordó Miranda.

—Eso es porque yo la llamé —frente a nosotros, la mujer con gabardina roja y cubrebocas blanco se nos había aproximado.

—¡Usted es la de quien vimos el pelo en la prepa, cerca de los laboratorios LACE! —aseguré yo en tono intenso, sorprendido y algo aturdido.

—Exactamente, Rangel —me ratificó.

XXIII

Parecía que la Basílica de Guadalupe era el centro de la Tierra, atrayendo a todos hacia ella. Las partes más alejadas de la iglesia circular ya estaban menos ocupadas, era posible caminar entre ellas sin problema alguno. Asimismo, se podía ahora ver más claramente la Parroquia Santa María de Guadalupe Capuchinas, su fachada roja, blanca y grisácea anterior, dividida en 7 rectángulos con ventanas o aberturas, 2 en cada uno. En la quinta figura de izquierda a derecha se encontraba la entrada principal, sus puertas de madera coronadas por un arco de piedra; en la parte superior del cuadrilátero un triángulo isósceles neoclásico, que daba pie a una cúpula roja, y en su punto más alto una cruz.

A su izquierda estaba un templo más antiguo: la antigua Basílica de Guadalupe (hasta 1976, en ese lugar estaba la tilma de Juan Diego, con la primera reproducción de la imagen de la Virgen de Guadalupe; hoy se encuentra en el templo al que entró Tonantzin). También se le llama Templo Expiatorio a Cristo Rey. Es un edificio barroco, opulento y simétrico; lo salvaguardan en sus vértices 4 torres rojas con terminaciones grises y cúpulas amarillas. Nosotros solo podíamos ver las dos del frente y una en su parte posterior. Su fachada principal tiene en la parte central la entrada y a un lado, y sobre ella, diversas columnas de color polvo que crean tres niveles. En el nivel inferior, los pilares custodian las puertas de madera principales; en la segunda etapa, diversos tallados en piedra de escenas cristianas adornan la iglesia; luego, en el tercer nivel, un reloj blanco. Sobre todo lo anterior, se distinguía una cúpula mayúscula, amarilla, que resultaba la cereza del pastel del templo.

Lo único que obstruía nuestra vista, de una manera relevante, era nuestra maestra de historia. Su gabardina roja, bajo la luz de una lámpara encima de nuestras cabezas, opacaba las oscuras construcciones del fondo. A pesar de que su cubrebocas ocultaba sus labios, se veía satisfecha, entusiasmada y plena.

—¿Qué le ha dicho a Tonantzin en verdad? —le pregunté severamente.

—Le dije que yo la había traído aquí para mostrarle cómo su pueblo había sido extinto, y que su idea en la mente humana había sido reemplazada por las fantasías cristianas. Por eso debía destruir la basílica a la que entró corriendo —respondió con una tranquilidad sarcástica muy inesperada.

—Ciertamente me tenía preocupada que algo se estropeara cuando ustedes hallaron a Tonantzin en el plantel. Ella debía ir al Templo Mayor y aquí bajo mi custodia. No obstante, creo que ustedes hicieron las cosas mejor que como conmigo hubiesen resultado.

—¿A qué se refiere? —preguntó ahora Miranda.

—Simple, yo deseaba mostrarle el Huey Teohcalli para enfurecerla y que destruyera el templo de la diosa que la reemplazó, pero ustedes la motivaron después de liberarla en el centro. Tu templo está destruido, Tonantzin —soltó una pequeña risa bajo el cubrebocas. Era increíble lo que decía, no imaginaba que se quisiera usar a una divinidad para destruir… no, la verdad eso ya ha sido hecho antes. Lo que era inesperado era la participación de mi docente.

—Le dieron emociones accidentalmente que yo jamás hubiera logrado transmitir. La encaminaron a donde yo deseaba, llena de dolor, para que yo la dirigiera hacia su destino final —dijo, volteando a ver la Basílica de Guadalupe.

—Hablé en náhuatl porque sabría que nadie entendería, así logré contradecirme en español, poniendo a millones de mexicanos en contra de una diosa prehispánica.

—Pero ¿por qué? La Virgen de Guadalupe representa esperanza para millones de mexicanos, les da un impulso para seguir adelante —le aseguró Luis.

—Ese es precisamente el problema, Nava; representa esperanza, como si ella o Dios les fueran a dar de comer, a mantener, a cuidar, a resolver la vida y la de sus familiares. ¿Ha oído a aquellos desempleados que tienen cerca de una docena de imágenes religiosas consigo? Ellos solo dicen: «Mi virgencita cuidará a mi familia hasta que las cosas estén bien, ella arreglará las cosas». Esa dependencia hacia alguien a quien le somos indiferentes nos retrasa como sociedad. Los mexicanos deben saber la verdad, el mundo debe saberla: Dios nunca te ayudará, jamás, solo uno mismo puede hacer que las cosas salgan adelante. Cuando yo lo dejé atrás, mi vida cambió.

—¿Cuando usted lo dejó atrás? ¿De qué habla, profesora? ¿Era usted antes creyente? —ahora le dirigió la palabra Andrea, cuestionando su última oración. Al instante, su faz cambió, ahora parecía que un recuerdo la angustiaba y trataba de regresarlo al subconsciente, de suprimirlo.

—De niña quería yo ser sacerdotisa católica, tener mi iglesia, hacer del mundo un buen lugar, profesando la palabra de Cristo. Pero… —su voz se quebró un poco— un maldito padre obeso me destruyó mis sueños, diciéndome que las mujeres no podían hacer eso, que jamás podría yo hacer de este mundo un buen lugar. Y luego, ese mismo año, en el 68, estábamos en Tlatelolco mi familia y yo. Cuando comenzó la balacera corrimos a la iglesia de la Plaza de las Tres Culturas, la Parroquia de Santiago Apóstol. El desgraciado encargado de esa iglesia cerró sus puertas en nuestros rostros, mi hermana… —apretó sus ojos, una gota cristalina corrió por su mejilla izquierda. Al tiempo guardó silencio, oprimió sus puños y tensó sus músculos.

En 1968, año en que se realizaron las Olimpiadas en México, se inició un movimiento estudiantil que concluyó en el ejército destruyendo parte del patrimonio histórico. Desde finales de julio hasta finales de septiembre, los estudiantes pedían al presidente Díaz Ordaz la destitución de ciertos elementos de la policía y la milicia, así como la liberación de algunos presos políticos. Nunca se consolidó nada hasta que el 2 de octubre los estudiantes se congregaron en Tlatelolco, en la Plaza de las 3 Culturas, y alrededor de las 6 de la tarde comenzó una balacera por parte del ejército. Fue una masacre, decenas de estudiantes y civiles fallecieron, cientos más fueron secuestrados, torturados y arrestados por los militares en esa fecha. Diez días después se celebraron, sin inquietud de ningún país extranjero, los Juegos Olímpicos de 1968.

La hermana de la profesora probablemente murió por un disparo. Le arrebataron a una joven su futuro, sus oportunidades y, lo más importante, su vida. Jaló el gatillo quién sabe quién de las tropas, mas quizás ella seguiría viva si el padre de la parroquia les hubiera dado refugio.

—A ella la llevo en mi recuerdo y en mi corazón —continuó ella—, pero no está ella en el paraíso o ardiendo en el infierno, su vida terminó y punto. Acabó con su vida la iglesia, ella fue su asesina. A medida que crecí fui comprendiendo cuánta muerte y sufrimiento había habido en el nombre de Dios, no solo en la religión católica, pero en ella sí hay bastante sangre derramada: los mártires antes de Constantino, las persecuciones de judíos y musulmanes durante la Edad Media, la inmensa quema de brujas, todas las guerras hechas por los estados pontificios, la conversión de América al «camino del bien», así como muchos otros pueblos de Europa, África, Asia, Oceanía; la Inquisición española, las guerras cristeras en México, la persecución de homosexuales desde hace cientos de años, los derramamientos de sangre por el poder del clero y entre los mismos sacerdotes; la lista es interminable. Todas esas vidas de inocentes y culpables, civiles y militares, se perdieron gracias a una sola institución: la Iglesia, sea cual sea su nombre, lugar o tiempo.

—¿Cree usted que ella es responsable de…? —pregunté yo, cuando mi maestra me interrumpió.

—No lo creo, lo sé. Ustedes y yo sabemos cuál es el *propósito* de los dioses: controlar y explicar. La gente que los ha creado lo ha hecho por poder, sed de autoridad sobre los demás, para considerarse mejor que ellos. La iglesia de cualquier credo te persuade, manipula y dictamina lo que has de creer el resto de tu vida ciegamente; instruyéndote a sentirte obligado con ellos, dándoles tu tiempo, admiración, dinero e inclusive la vida. Aún hoy, después de miles de años de historia, los sacerdotes ocupan un lugar privilegiado en el mundo, tanto económica como moralmente. En particular la Iglesia católica lleva 2000 años de hegemonía sobre el mundo por su destreza y crueldad, acumulando anualmente riquezas en cifras inconmensurables, suplicando la entrega de alma y cuerpo a los dogmas producto de la malinterpretación (aunque quizás también sea manipulación) de las supuestas palabras originales. ¿Cuándo dijo Jesús que debemos darle 10 % de nuestras ganancias a la Iglesia?

»Se nos solicita indiferencia, conformidad con aquello que en la Iglesia se nos enseña: a no preguntar porque no es relevante; a no preguntar porque es pecado; a no preguntar porque si no en el infierno arderemos en las llamas y una tortura eterna nos azotará. Nos piden dejar de pensar para que seamos suyos, para el bien, para su bien.

—Cuanta menos educación se tenga, tanto mayores son las posibilidades de sometimiento de un pueblo —parafraseó Andrea a Benito Taibo.

—Excelente, Leonor. No es coincidencia la cantidad de dioses y sacerdotes que existía en todas las culturas desde poco después de la aparición de la agricultura siglos atrás. Algunos sagaces ambiciosos se las ingeniaron para que las masas aceptaran, temieran y amaran a seres que jamás en su vida habían visto. Siendo ellos sus intérpretes, convencieron al mundo de que solo con tributo los dioses estarían satisfechos (y ellos también). Esa sed de poder y manejo del mundo son hierbas malas que impiden la utopía que todos buscamos. La Iglesia es la culpable de todos los males, no los númenes.

—Entonces, pensé, ¿no podría haber una religión sin sacerdotes, sin intérpretes, a modo de que cualquiera pudiese comunicarse directamente con ellos? De esa manera, no se podrían tergiversar las cosas, puesto que todos tendrían unanimidad de lo que es correcto, todos lo decidirían, y no solamente una minoría como ha sido siempre. Ustedes han tenido oportunidad de comunicarse con Tonantzin, y ella no pide templos, no exige sangre humana, lapidaciones; por el contrario, parece que ella llora o repudia el sufrimiento. ¿Por qué, entonces, en tiempos precolombinos se le sacrificaban bestias y humanos? Ella, nunca lo solicitó, y si así lo hubiera hecho, ¿acaso cambió, por lo que hoy repudia el dolor? Lo dudo completamente.

—¿Cómo deshacernos del clero de las religiones? Decidí empezar por la católica, porque es la que más daño le ha hecho a este país desde hace medio milenio ya. Desde que me gradué de historiadora estuve buscando formas de que la gente se liberara de ese yugo tan fuerte que hasta hoy muchos sufren. Tras años de reflexiones, solo pude imaginar una manera de que voluntariamente se dejara a la Iglesia de lado, y eso era solo a través de los dioses: la decepción, un abandono de ellos. Ahora, cuando la basílica sea destruida, reducida a escombros y cenizas, millones verán que su diosa lo permite, que no le importan sus hijos, y de ahí que deje a otro ser extraño profanar su templo. Hoy y mañana se congrega el número más grande de fieles en un área tan pequeña que en toda Latinoamérica jamás se reúnen. ¿Qué mejor lugar para que las personas se den cuenta de que en este mundo a los dioses y santos les valemos, además de robarles a aquellos clérigos e «intérpretes» de la Virgen María y de Dios mismo tantos fieles, tantas fuentes de ingresos que poco a poco todo su imperio decaerá? —el pasional fanatismo que tenía su voz era único, loco y enfermo.

—Esto es el inicio, jóvenes, después le contaré a Tonantzin completas las falsedades o artificios de la doctrina católica y cristiana en todo el globo: caerá la Catedral Metropolitana de esta ciudad, la Basílica de San Pablo, en Londres; la Catedral de San Basilio, en Moscú; la Catedral de Milán, la Catedral de Santa María del Fiore, en Florencia; la Catedral de Estrasburgo, la Catedral de Santo Domingo, en Oaxaca; la Catedral de Brasilia, la Catedral Metropolitana de San José, en Costa Rica; la Catedral de Santiago. El Vaticano mismo deberá arder a manos de una diosa que sí existe en realidad.

Era claro que se refería a Tonantzin. No podía permitir eso, una divinidad no debería ser usada (yo mismo lo dije, debería) para mostrar un nuevo camino. La verdad, en ese momento no entendía ni siquiera cuál era su propósito fuera del contexto histórico y social, más que hacia el misticismo. Perdí mi brújula lógica que me indicara por qué es necesario un dios. ¿Lo es? Los dioses existen, o tal vez solo Tonantzin. Hay muchas preguntas aún sin respuesta: ¿De dónde provienen?, ¿cuál es su fin, si es que lo tienen?, ¿habrá más de ellos?, ¿si es así, por qué no se manifiestan públicamente a todos, como lo ha hecho Tonantzin?

El monólogo de mi profesora era enfermizo, mas tenía algo de razón en sus reflexiones, aunque para nada en su idea vándala y devastadora. Una sociedad con menos dependencia hacia intérpretes y con el saber de que, si bien sus divinidades puede que existan, ellas no la ayudarán, mejorará increíblemente la calidad de vida, el desarrollo y el progreso de la especie humana. Un enfoque en la realidad, a pesar de lo dura que es, nos impulsa a mejorarla, a luchar por lo que sea mejor para todos, sin excepción, reduciendo el dolor y el sufrimiento al mínimo.

La capital del estado de Oaxaca es sumamente religiosa: tiene más estaciones radiofónicas que ofician misa que aquellas en las que se exponen temas culturales o en las que se escucha música clásica; y es de los tres primeros estados de la República Mexicana cuya situación económica y social es deplorable. Su cultura y su gastronomía serán de reconocimiento internacional, pero no sus hábitos ni su idiosincrasia.

No consideraba yo que sus métodos eran los más óptimos para lograr una «mejora» del mundo, como ella mencionaba. Sin embargo, es interesante considerar un mundo sin religión; y si eso no se puede, al menos sin Iglesia, sin gente que tergiverse lo que, quizás, los dioses como Tonantzin nos deseen comunicar.

—¿Están ustedes de mi lado, jóvenes, me ayudarán en mi proyecto?

Andrea y yo volteamos a vernos. Supe al instante que teníamos los dos el mismo pensamiento en nuestra mente: un mundo mejor, sin Iglesia, pero no de esta forma.

Habría sido estúpido dar una respuesta rápida, todos lo sabíamos. Ninguno respondió nada por casi un minuto, ponderábamos todos los pros y contras. En mi caso, imaginaba cómo mis padres, después de fugarme y desobedecerlos, reaccionarían a que voy a acabar con la Iglesia en el mundo en compañía de mi maestra.

—«Aquel que pelea con monstruos debe asegurarse de no convertirse en uno» —gritó Miranda, citando a Nietzsche. La profesora Cordero y nosotros sabíamos bien a qué se refería:

el clero de todos los credos había destruido y asesinado en nombre de la verdad. Ella planeaba el sufrimiento y la extinción de todos los interceptores de Dios para lograr el progreso, para la verdad.

—Creí que tendría que usar esto antes —metió su mano derecha en el bolsillo izquierdo de su gabardina roja—, porque ustedes parecían tener una ligera conexión con Tonantzin, o al menos así lo vi en el Templo Mayor. Imaginé lo peor mientras los observaba desde el lado opuesto de la zona arqueológica: que descifrarían el intríngulis de quién trajo a Tonantzin a este mundo y tratarían de detenerla. Parece que no lo hicieron y por eso me tranquilicé. Sin embargo, ahora que saben por qué está ella aquí, quién la invocó y no desean aceptar las enseñanzas de su maestra, tendrán que venir conmigo para una despedida —respondió finalmente, sacando un poco el objeto con su mano derecha de su gabardina.

En su bolsillo brilló una figura metálica a la luz del alumbrado de la Plaza Mariana; plateada, pequeña y con una forma que jamás en persona había visto: una pistola.

XXIV

El arma no sobresalía mucho de su vestimenta, apenas se podía ver completa, pero lo suficiente para que todos retrocediéramos un paso, llenos de temor y sorpresa. No había nadie alrededor de nosotros; todos se acercaban, sin excepción, a lo que ocurría en el recinto más importante de la Virgen de América. Incluso la señora mayor que estaba a nuestro lado maldiciendo a Tonantzin minutos antes, ya no estaba. Eso le dio oportunidad a mi maestra de acercarse un paso hacia nosotros: ahora solo estaba a un metro de distancia.

Sentí miedo y quería llorar, quería salir corriendo, gritar para pedir ayuda, pero eso sería un suicidio. No teníamos muchas opciones, un movimiento en falso y dispararía a uno de nosotros cuatro. Un fanático, sea religioso o no, pierde sus principios cuando se entrega de lleno a sus creencias.

Ninguno de nosotros decía algo, empezamos a temblar un poco. Andrea palideció, Luis tragaba saliva ruidosamente, Miranda tenía una respiración muy fuerte, mientras que a mí me comenzó a sudar cada espacio de mi cuerpo que tenía glándulas sudoríparas.

—«No tengan miedo, hijos míos»; seguro eso les dijo Tonantzin cuando los encontró por primera vez. A mí también me lo dijo en algún momento. Ahora deben recordarlo —sugirió macabramente la profesora Cordero, con un tono comparable al de un verdugo antes de apagar la vida de una víctima.

—Antes de que haga cualquier cosa, déjeme preguntar algo —insistí con voz insegura, y aunque trataba de que fuera firme, al intentarlo se gestaban lágrimas en mis ojos. Había que hacer tiempo mientras descifrábamos cómo salir vivos de allí—, ¿de dónde viene Tonantzin?

—Creo que todos tenemos derecho a un último deseo, Rangel. Le diré y luego ustedes cuatro y yo saldremos del recinto en silencio —nos dijo con seguridad.

—Durante el año 2003 estuve trabajando en exploraciones subterráneas en la periferia del Templo Mayor, con el equipo del INAH, en busca de más figurillas, quizás algo más que estuviera oculto bajo las calles del Centro Histórico. No se encontró nada. Únicamente yo localicé, en una esquina bajo algunas piedras, un idolillo gris, réplica exacta a escala de la gran estatua de Coatlicue que está en el Museo de Antropología —comprendí al instante a qué cosa se refería: a la estatuilla en la que Tonantzin se transformó para trasladarla hasta el Huey Teohcalli.

—Cuando la levanté era estúpidamente liviana y sonó a cascabeles. La solté por susto y cayó, pero ya no tintineó la escultura. Algo encontré hipnotizante en esa representación de una diosa; la robé y la llevé a casa. La coloqué encima de mi comedor. Años después, hace unos meses atrás, en mayo, un día que comía tacos de chicharrón y nopales en salsa verde, cómo recuerdo ese día, enfrente de mí las imágenes del resto de la casa se distorsionaban y el ídolo comenzó a brillar: Tonantzin se me manifestó. Así como ustedes, yo me espanté, me hizo escupir lo que estaba masticando y me recargué completamente contra el respaldo de la silla donde estaba. Sus garras de águila estaban prácticamente sobre la mesa y su cabeza casi rozaba el techo. Inmediatamente me dijo en náhuatl: *Manen timitzmahuipih, nopiltzin.*[24] Como yo aprendí náhuatl durante la carrera, me relajé al escucharla.

---

24 No tengas miedo, hija mía.

—Pude notar que miraba mi vestimenta de ese día con extrañeza, parecía que ella no se había percatado de los últimos 500 años de historia, por lo que no conocía las blusas a base de telas artificiales. Iba a hablar, cuando al lado de mi mesa comenzaron a pelearse mis dos gatos; se escucharon zarpazos, maullidos agresivos y sus patas se movían a velocidades muy violentas. En cuanto Tonantzin los vio, empezó a gesticular puerilmente, gimoteándome para que los detuviera: *ma xi-quintlami.*[25] Al separar a los felinos ella se tranquilizó. Comprendí entonces que ella no podía actuar en los conflictos de este mundo, o al menos si hay alguien que puede evitarlo. No le gusta el sufrimiento de ningún tipo, mas ella, creo yo, no es capaz de hacer nada. O eso creía —tragó saliva y continuó.

—Se transformó en el ídolo nuevamente. Yo estaba atónita y perpleja, no sabía qué hacer con ella, ¿tener una diosa en mi casa? La tomé y salí de casa, tenía que devolverla, no quería un ente quejándose y apareciéndose cuando deseara en mi residencia. No obstante, cuando salí para tomar el metro había del otro lado de la calle unos muchachos correteando a un perro mediano de color café, muy despeinado, delgado y callejero. Unos segundos después, esos jóvenes comenzaron a patearlo y el perro gimió de dolor. Me horroricé y me pregunté cómo gimotearía Tonantzin si viera esto. Después de este pensamiento ella se manifestó en la calle y dijo *¿Tlein nitlatta?*[26] Cuando sus ojos captaron la escena de la tortura del canino, ella gritó ahogadamente, me miró y sonaron sus cascabeles desde donde se encontraba; luego me señaló con desesperación a la pandilla de adolescentes, al tiempo que se movía su asqueroso y temible collar.

—Un poco aterrada, le dije que no podía hacer nada. Llevó sus manos a su cabeza y sus senos se columpiaron al movimiento.

---

25 Por favor, detenlos.
26 ¿Ver qué cosa?

—*Tla xitelpopocapopoltlami*—.[27] Podía observar las serpientes de su falda muy cerca de mí. Instantes después, el perro café aulló como si le hubiesen roto una de sus patas; acto seguido, Tonantzin comenzó a lagrimear y se movió, corriendo al ritmo de sus cascabeles, hacia los victimarios. Los elevó en los aires y los dirigió hacia ella para después prenderles fuego.

El relato me parecía demasiado fantástico, pero después de haber sido testigo del avistamiento de una diosa en mi escuela podría decir que no es tan descabellado. Aun así, me mostraba incrédulo a que hubiera prendido fuego a unos niños.

—Ardieron ellos en el aire, pero no gritaban. Se retorcían de dolor y sus pieles sufrían quemaduras, pero no se les oía el sufrimiento; como si Tonantzin los hubiese enmudecido. Posteriormente, cuando los chicos eran consumidos en silencio por las llamas, se agachó, tocó al perro y, creo, lo curó, pues se fue de la calle donde le habían dado una golpiza, perdiéndose en la colonia como si nada hubiera pasado. Al final, aún con el espectáculo de las llamas, ella se volvió una esencia blancuzca que se dirigió a mis brazos para materializarse en la estatuilla liviana como un globo que encontré antes en las exploraciones.

—Entré nuevamente a la casa y comprendí que Tonantzin podía interceder en nuestro mundo, aunque no lo tiene permitido o no le gusta. Desde entonces, desarrollé una estrategia para mis deseos de toda la vida: acabar con la Iglesia, decepcionar al mundo, obligándolo a ver que sus dioses no pueden intervenir en el mundo cotidiano: ya sea por indiferencia o impotencia, el resultado es siempre el mismo. En los días subsecuentes le mostré y expliqué un poco de la violencia por fanatismo religioso en todo el mundo, a lo largo de la historia, pero apartando el suplicio máximo para el final: la conquista de las Américas, el olvido en que ella cayó cuando su pueblo, años después,

---

27 Por favor, detén a los despreciables muchachos.

aceptó a una diosa falsa. Se enervaba y lloraba cuando le explicaba que aquí no era posible hacer nada. Hace pocos días me comentó que ella se transformó en roca después de ver todo el sufrimiento de la fiesta Toxcatl: el genocidio cometido por los españoles contra los indígenas en el Templo Mayor. Fue entonces que se me ocurrió decirle que debía enseñarle algo importantísimo en el Templo Mayor, en el Huey Teohcalli.

Se me heló la sangre al oír esas palabras.

—Hoy es ese día, finalmente vería a qué fue reducido ese recinto. Debido a mi gran alegría, me coloqué el ídolo en una bolsa de la gabardina —con su mano izquierda tocó uno de sus bolsillos—, se me olvidó dejarlo en mi auto, en un lugar seguro. Me di cuenta de eso cuando entré a las 7 a. m. a dar clase en un salón del plantel. Les dije a los alumnos que volvía en dos minutos. Corrí hasta donde ustedes encontraron la figura, atrás de un ídolo de una divinidad, quería burlarme desde temprano de la Virgen de Guadalupe, que es una copia barata de Tonantzin, y puse el ídolo detrás de la figura de la diosa católica. Iría por ella hasta las 4:30, cuando terminase de dar clase, y agarraría rumbo al Templo Mayor con ella. Ahí entran ustedes: como yo llegué tarde, entonces a ustedes se les apareció, no a mí. Tonantzin es realmente puntual.

Tras sus últimas palabras, mi corazón se aceleró como loco y gotas de sudor se escurrieron por mi torso; eran como gotas de agua deslizándose por un sartén con temperatura abrasadora, solo que sin el sonido característico.

En eso, a escasos metros al frente, a la derecha, escuché una voz inconfundible:

—¿Rodolfo? —dijo ella, bajo un cubrebocas rosa; a su lado, su hermana con cubrebocas negro, y su madre con cubrebocas blanco.

—Andrea, Luis, Miranda, maestra, ¿qué hacen aquí? —nos dirigió Clara la palabra y todos, incluso la maestra Verónica

Cordero, rotamos la cabeza. Lo recordé entonces. En el entrenamiento en la prepa Clara dijo que vendría aquí a comer tamales. Me alivié un poco al oír su voz, al menos después de ver un arma y escuchar amenazas de mi profesora.

—Maestra, ¿qué tanto decía? —ahora habló la hermana de Clarita, con el mismo tono extrañado y perplejo de su consanguínea.

Cuando mi profesora se volteó nuevamente hacia nosotros, un hombre voló a donde nos encontrábamos; no literalmente, pero se abalanzó sobre ella por la izquierda. No supe de dónde había llegado. La maestra intentó sacar el arma con ambas manos, pero el recién llegado tomó las muñecas de mi profesora, redirigiendo la pistola al suelo.

¡Bang! Se escuchó un disparo atronador que dejó una marca en el suelo. El sonido hizo voltear a todos, yo cerré los ojos después del sonido y un segundo después los reabrí para identificar a quien nos había salvado: era mi papá.

XXV

El sonido y el forcejeo atrajeron las miradas de la gente a metros de donde nos encontrábamos. No había gendarmes cerca para socorrernos o, creo, no vi ninguno. Algunos comenzaron a acercarse.

—¡Papá! —le grité. Estaba muy emocionado y agradecido de que en el momento correcto hubiera aparecido. Si no, seguro que en pocas horas ya no estaríamos con vida. No sabe nadie lo agradecido que estoy de no ser una estadística más de todos los asesinatos que en México tienen lugar.

Les grité a todos los que se aproximaban:

—¡Ella nos ha mentido! ¡Conspiraba con ese demonio flotante para destruir la Basílica de Guadalupe! ¡Ella es la responsable de la herejía que se comete ahora mismo dentro de esas puertas! ¡Agárrenla! —no era congruente con ese discurso, no creía muchas de las palabras que había dicho, mas era necesario obtener ayuda para quitarnos a la maestra de encima. Me recorrió una sensación de culpa por todo mi sistema digestivo hasta estancarse en mis intestinos.

Mi papá logró quitarle el arma y, aún con la maestra sobre él, la arrojó a los arbustos que se encontraban atrás, a unos dos metros de donde los cuatro estábamos.

La profesora, al ver que estaba desprotegida, lanzó un golpe contundente a la nariz de mi papá, lo que desacomodó ligeramente el cubrebocas que él traía, y dejó libre a la maestra. En un parpadeo comenzó a correr hacia la salida del complejo, donde la gente ya empezaba a acumularse e intentaba aprehenderla, mientras ella se escabullía entre las masas. Así la mujer de gabardina roja se perdió entre la multitud.

—¿Señor, está bien? —le preguntó inmediatamente Miranda a mi padre.

Yo me lancé sobre él y un par de lágrimas mojaron los cubrebocas de ambos.

—Disculpa, yo tenía que venir, yo… tenía curiosidad y no quería que Tonantzin… —no tenía idea de qué decir, solo quería hacerle saber que lo sentía y que le daba infinitas gracias.

—No hay cuidado, Rodolfo, cálmate —me soltó, después de un largo abrazo. Me calmé, ahora estaba seguro. Mis amigos, mi padre y yo estábamos bien, es lo que importaba.

Clara y su familia se nos acercaron, de manera que ahora había siete personas cerca de mí: Clara, su hermana y su madre, Andy, Miranda, Luis y mi padre.

—Hay que detener a Tonantzin antes de que la basílica sea solo ruinas —dije yo a todos, insinuando que no había tiempo que perder. Así, todos nos pusimos en marcha con nuestros ocho cubrebocas hacia la casa de la Virgen de las Américas.

XXVI

El 12 de diciembre de 1976, en una hectárea a las faldas del cerro del Tepeyac se terminó la construcción y fue inaugurada la Insigne y Nacional Basílica de Santa María de Guadalupe, donde ahora Tonantzin se encontraba. A fin de aumentar la capacidad de fieles que podían asistir a lo largo de todo el año, y más por estas fechas, así como aumentar el número de limosnas, los arquitectos Pedro Ramírez Vázquez, José Luis Benlliure, Alejandro Schönhofer, fray Gabriel Chávez de la Mora y Javier García Lascuráin diseñaron este magnífico edificio circular con coronación similar a una curva en revolución color verde *aqua*. En la parte superior tiene un andamiaje arreglado de color blanco crema, coronado por una cruz similar a la singularidad de un hoyo negro.

Entre los apretones de la multitud que había esa noche en la basílica, nos abrimos paso hasta la puerta número 2 (al menos ese número indicaba el plástico verde sobre la entrada). Pasamos las puertas teseladas con rectángulos de formas orgánicas de todos los colores en un fondo transparente, entrelazados cuadriláteros con mosaico color *aqua* del manto estrellado de la Virgen de Guadalupe.

Ingresamos al templo y me sentí en otro lugar que no era la Tierra. El recinto circular parecía tener la gravedad invertida, no había sillas en el techo, por supuesto, sino que parecía que un objeto de masa astronómica succionaba a las alturas toda la basílica: el techo convergía en un punto hacia arriba, donde, a mi parecer, podría haber tenido cabida un hoyo negro que succionó a la iglesia durante su construcción y luego, sin ningún motivo, desapareció, dejando así el techado.

Del vértice donde convergía toda el área del techo caía una cascada de color oro hecha de madera y metal, en la que se encontraba una cruz formada con prismas rectangulares dorados y, a sus pies, la imagen original, que cumpliría 500 años el 12 de diciembre de 2031: el ayate mismo de Juan Diego. Hasta hoy, está muy bien conservada para ser de tanto tiempo atrás. Parece tener propiedades mágicas que le han permitido llegar hasta nuestros días.

En 1921, cuando se encontraba en la antigua Basílica de Guadalupe, un activista anticlerical colocó una bomba cerca de la imagen. La dinamita de la bomba dañó gravemente su derredor, mas la imagen no sufrió daños significativos. Mucho más tiempo atrás, durante la Colonia, en 1785, se cuenta que un trabajador que limpiaba el marco de la vitrina derramó ácido muriático en la imagen. Treinta días más tarde, sin intervención aparente, la fibra del maguey del ayate se restauró por sí sola; como si fuera un ajolote.

En un nivel inferior al suelo, pocos metros debajo de la tilma de Juan Diego, hay una plataforma con bandas transportadoras para que todos puedan ver con detenimiento a la Virgen de Guadalupe. Exceptuando esa pequeña área, se encuentra en mármol blanco una plataforma semicircular cuyo centro es la imagen de la diosa. En ella se da la misa y varios cardenales y padres se sientan en ciertas fechas del año. Igualmente, se llevan a cabo allí matrimonios, primeras comuniones, confirmaciones y unciones sacerdotales.

A la izquierda de la cascada dorada se encontraban múltiples banderas que ondeaban ligeramente por la presencia de Tonantzin enfrente de nosotros. Cuando recorrí con mis ojos hacia la derecha, vi que faltaba uno de los tantos panales azules y naranjas colgantes, el cual estaba en el suelo. A la derecha, colosales tubos de órgano se erguían en la pared, como gigantescas flautas de pan invertidas de color argento, de las que surgía música durante algunos eventos especiales.

La basílica no era precisamente el paraíso cuando los 8 estábamos entre toda la gente. Supuestamente dos cuerpos no pueden ocupar el mismo espacio al mismo tiempo, mas hoy creo sarcásticamente que esa ley natural puede ser violada, igual que en el transporte público a una hora pico. El templo tiene capacidad para 10 000 personas, pero creo que entonces éramos entre 12 000 y 14 000.

Frente a nosotros, a unos metros de altura de la multitud, Tonantzin levitaba y se defendía de todos los objetos que la gente le arrojaba, pedazos de madera, botellas, cubrebocas, caretas, artesanías; además de todas las expresiones de ira y fanatismo de los presentes. Era un poco cómico verla ahí, deteniendo con la mente, creo yo, los proyectiles dirigidos a ella y que luego regresaba en la misma dirección de donde habían venido. Giraba con sus 13 trenzas y su collar de corazones, manos y cráneo, horrorizando a los católicos del lugar. Todos gritaban de ira y tristeza, y se escuchaban los nombres de Dios, de la Virgen de Guadalupe y de otros santos a los que la gente invocaba para, según ellos, desterrar al averno a aquel monstruo.

Miré nuevamente hacia donde se encontraban los órganos para ver diez cuerpos brillando en el aire: diez sacerdotes en llamas. Las voces de quienes se encontraban ahí clamaban piedad para el obispo, algunos cardenales, un arzobispo, ciertos curas y otros sacerdotes.

Por supuesto, no podían faltar cámaras de la prensa y la televisión entre la muchedumbre. Diez personas se estaban quemando vivas ante los ojos del mundo. Lo impresionante y tétrico era que no gritaban: se apreciaba cómo se retorcían de dolor, al menos cinco de ellos, pero sin ningún sonido de sufrimiento. Les habían robado la voz, Tonantzin había apagado sus cuerdas vocales; tal como había pasado en la anécdota del perro contada por mi maestra de historia. Cinco de ellos ya no se movían, solo eran cuerpos con quemaduras severas que se carbonizaban segundo a segundo. Sentí horror y náuseas, no imaginé que una diosa fuera capaz de algo así. Podríamos imaginar a mujeres y hombres haciéndolo, pero ¿a los dioses?

—¡El ayate, el ayate! —se oyeron las voces múltiples bajo las mascarillas a lo largo de la basílica.

En uno de los movimientos de la diosa pude ver detrás de ella la parte de la cascada áurea donde se encontraba la tilma de Juan Diego: estaba ardiendo. A la pared misma Tonantzin le había prendido fuego. En menos de un minuto, la tilma quedó consumida por las llamas y reducida a cenizas; cayéndose de su lugar en la pared la vitrina que la contenía hasta la plataforma, al nivel inferior del suelo. Un grito órfico se escuchó desde aquel lugar. Cenizas se mezclaron con el líquido de vidrio al rojo vivo y los pedazos de muebles que habían sucumbido a la gravedad sobre varias personas. No paró ahí el incendio, se empezó a carbonizar la madera de la pared y comenzó a extenderse rápidamente.

El pánico de la multitud no la hizo retirarse, sino enervarse más y aumentar sus ataques hacia la diosa prehispánica: ahora más y más personas bajaban o se quitaban sus cubrebocas para infamarla. Desde donde nos encontrábamos, después del mar de gente que nos separaba, se veía una madre que había sido manipulada por una persona que le hizo creer (o ver) lo que la Iglesia había hecho con su pueblo y lo que el clero en todo el mundo hace a la población que lo permite.

Para todos aquellos que se encontraban a sus pies, Tonantzin no era más su madre, sino un adefesio herético. Su cara jovial, incongruente con sus grandes senos, lo demostraba: mostraba tormento puro para sí misma.

Intentamos avanzar más hacia donde la diosa se encontraba, pero la multitud nos lo impedía; tampoco podíamos salir, ya que muchos más deseaban entrar para defender el templo de la virgen. Estábamos atrapados.

No fue sino hasta unos dos minutos después, que parecieron diez entre tantos mexicanos y extranjeros, que los sacerdotes torturados fallecieron. El incendio ya se había extendido a unos veinte metros a la derecha, a la izquierda y arriba de donde se originó; las banderas del edificio empezaban a quemarse, aumentando la temperatura del lugar.

Fue entonces que el odio fue superado por el temor y los cubrebocas comenzaron a acercarse a la salida, aunque ya solo un veinte por ciento de las personas los tenían puestos, claro. Tonantzin sonreía y a la vez quería llorar, su rostro tenía el caudal de lágrimas de horas atrás, su cuerpo estaba demasiado tenso, sus puños casi sangraban de tanto que encajaba sus uñas en las palmas de sus manos, mientras que las garras de sus patas se veían más afiladas y relucientes que nunca.

De pronto, una luz blanca, resplandeciente, centelleó en el lugar donde, hasta hacía poco, una reliquia religiosa de casi medio milenio colgaba. Yo cerré los ojos instintivamente y, al sumergirme en la oscuridad, oí quejas de dolor y angustia alrededor mío, por toda la iglesia. Todos mis sentidos se agudizaron: sentí las manos de mi papá y su gemido de ligero dolor cuando me tomó por la espalda y el hombro; olí con mayor detenimiento a quemado y pude imaginar que las cantidades de dióxido y monóxido de carbono en el recinto comenzarían a ser tóxicas si no dejábamos el sitio en menos de cinco minutos. Así también, mi cara sintió mi húmedo cubrebocas, que debería haber lavado hace ya 4 días por una tos que me atacó mientras comía un dulce de tamarindo que escupí en la mascarilla.

Instantes después abrí mis ojos y las llamas no existían: las paredes estaban dañadas, algunas banderas estaban a medias y los cuerpos quemados de los sacerdotes aún levitaban. Todos se tallaban los ojos, después de que un resplandor los cegara temporalmente. Vi a una mujer enfrente de Tonantzin, cubierta totalmente con prendas tejidas a mano de color café, ligeramente sucias. Estaba en la misma posición que la diosa prehispánica, a su misma altura, se elevaba al mismo nivel que ella y tenía una complexión similar.

A pesar de que esta mujer no se me hacía nada conocida por el atuendo, sí un poco por su rostro: parecía el de una mujer judía israelí de edad media. No pasaba de unos 40 o 45 años y de su ropa sobresalían sus pies desnudos, sus manos, el rostro y parte de su cabellera negra; tenía la piel de un tono ligeramente moreno, mas no como el que suele encontrarse en Latinoamérica, sino más bien una piel árabe o turca.

Ya no había agresión hacia Tonantzin y todos comenzaron a guardar silencio poco a poco. La nueva aparición flotante miraba a los ojos a Tonantzin y viceversa; se encontraban, como si una fuera espejo de la otra, a más o menos un metro de distancia.

—Tonantzin —dijo la mujer de prendas cafés.

—Tonantzin —dijo ella también, al unísono, con el mismo movimiento de labios.

—María —respondió Tonantzin ahora a la recién llegada.

—María —repitió ella simultáneamente.

Quedé boquiabierto e infinitas ideas sobre ella me vinieron a la mente: de mis clases de religión, de mi familia, de cientos de imágenes que existen de ella alrededor del mundo. Una madre, no diré la única, que tuvo que ver a su hijo martirizado cargar una cruz hasta su muerte, se encontraba a solo setenta u ochenta metros de donde nos encontrábamos.

La Virgen María estaba aquí y hablaba con Tonantzin.

XXVII

El hoyo negro que succionó una vez el techo parecía ahora succionar el silencio de toda la basílica. Había murmullos en algunas partes, pero como resonaban por todo el lugar se callaban casi al instante; los únicos ruidos significativos venían desde afuera, mientras más gente lograba ver a las diosas enfrente de la cascada dorada, una frente a otra, mayor era la maravilla para sus seres y mayor el silencio.

—Tonantzin, ¿por qué estás haciendo esto? Y ¿qué hiciste?, quemaste a diez sacerdotes —dijo la Virgen María alargando su brazo izquierdo hacia donde yacían flotando los cuerpos calcinados detrás de Tonantzin.

—*Tonantzin, ¿tleica tichchiuhticah yehuatl in? ¿Tlein otichchiuhticatca? Otiquintlecahuih ca mahtlactli teopixquitin* —repitió en náhuatl Tonantzin, imitando el mismo juego de brazos al mismo tiempo, pero en dirección opuesta, hacia donde había banderas quemadas.

Sus voces resonaron por toda la basílica.

El idioma de la virgen era muy abstracto, no entendí una palabra. No comprendía yo otra cosa que los nombres. Me pregunté al instante ¿por qué no habla español? Y segundos después llegó la respuesta a mi mente: porque cuando ella vivió no existía este idioma, ni siquiera se encontraba donde después surgió. Ella nació de Joaquín y Ana, de las 12 tribus de Israel: ellos hablaban hebreo. ¡Hebreo! Eran judíos.

La diosa prehispánica, y simultáneamente la Virgen María, hicieron una mueca de dolor y arrepentimiento. Una vez más, al unísono hablaron y actuaron.

—Quizás, sí, algunos de ellos se lo merecían por ser pedófilos o por su hipocresía hacia lo que mi hijo pudo dejarle al mundo, mas no todos.

—*Ahnozo, quemah, acahmeh inon yehuantin ocmomacehuihqueh ca piltontlazohtlani ahnozo itlacaittaliz itlocpa in nocone occemanahuaccauhtihuelitilih, tel ahmo ixquichtin.*

La palabra *quemah* fue lo único que pude entender, pero no me sentía mal, ya que nadie o prácticamente ninguno de los miles del recinto las comprendía.

—*Onichchiuh inic intecuanyo cemanahuaxtlan, in ayollocayotl ca yehuantin ocyolitihqueh macehualqueloah, quinanah intom, incahui ihuan incenyolloca. In cihuatl...*

—Lo hice por su crueldad ante el mundo, la violencia que ellos han provocado engañando al mundo, tomando su dinero, tiempo y voluntad. La mujer...

Ambas movieron un poco las manos y los cascabeles de Tonantzin sonaron ligeramente. Era difícil comprender quién decía qué en su habla simultánea de gestos iguales.

—¿No sabes su nombre?

—*¿Ahmo ticmati itoca?*

Transcurrieron 5 o 6 segundos antes de volver a escuchar sus voces, al tiempo agacharon un poco la cabeza.

—*Ahmo*

—No

Tétricamente, de ambas surgió la sonrisa de una madre que reconforta y se vieron a los ojos.

—Ella seguro te usó para un propósito, no es la primera vez, creo que ya lo has vivido, Tonantzin —inmediatamente supe quién decía eso, la interlocutora del numen prehispánico.

—*Yehuantin tlacaco otlacemitoliztehuahuih, ahmo inic ceppa, nicneltoca ca ye otinen, Tonantzin.*

—*Quemah, amono xiquihto. Mexxicah otehuanhuihqueh nehuatl ipan miyaquintin occe teteomeh ca quinhuapahuacan huelitiliz, teticpacyotl ihuan paccanemiliztli. Inon yehuatl quittalo cempohualpa. Cel yehuantin on oniquinahcuacualittac ca in nextlahualli ihuan in yolcahuentli. Auh onicatca tepant-latocatzin cempohualpa, teopixquitin oahmocualneltohqueh.*

—Sí, ni que lo digas. Los mexicas me usaron a mí y a tantas otras deidades para mantener poder, jerarquía y paz. Eso se ha visto muchas veces. Lo único que realmente me desagradaba eran los sacrificios humanos y animales. A pesar de interceder tantas veces, los sacerdotes tergiversaban mis palabras.

—Lo mismo fue para mí, tantos martirios y dolor en los primeros siglos del cristianismo me obligaron a aparecerme, pero no se logró nada. Después de un buen rato, me cansé, decidí que los humanos deben salir adelante solos. Yo era como tú, como eres más joven eres tan impulsiva y llena de amor como en mis primeros años como deidad. Aún amo a mis padres, infinitamente, pero creo que su mundo debe regirse por sus propias manos.

—*No onechcatcalihqueh, ixachintin tetepozcacalocotona-liztli ihuan cocoyelli in acachto ihuehueliz cristianoyotl onech-quicuitlahuiltihqueh nineci, tel ahtlemahuizolo. Zatepan, oniciyauh, onicnotlalilih ca macehualtin paquican icelti. Nehuatl onicatca tehuatl, ticah achi celtic, ticah axtlatlamati ipan titetlahzotlalitzintenquicticah acachto xihuitl in teotl. Oc niquincentlahzotla, auh nicneltoca ca quihuiquilia incema-nahuacpachoa immayoca.*

De ambas diosas pude escuchar vagamente la palabra cristianismo.

—*Tococoneh, ¿nelli, María?* —dijo Tonantzin, creo yo que de ella provenía la intención primera en náhuatl.

—Nuestros hijos, ¿verdad, María?

Juntas rieron. La risa de Tonantzin era muy jovial, de ensueño, amable y segura; mientras que la de la Virgen María era ligeramente más áspera, un poco menos dulce, pero no por eso menos llena de alegría. Las telas de la virgen se arrugaron ligeramente. Por otro lado, las trenzas y el collar de Tonantzin se movieron un poco en el aire.

—Ambos.

—*Nehuan.*

—*Nicneltoca tiquihuiquiliah ca ticquintolican ici cennohnohuiyan ixquichtincopa. Nicmamati ca tichihuacan.*

—Creo que tenemos que decirles esto a ellos en un idioma que aquí todos entiendan. Sé exactamente qué hacer.

Las dos deidades femeninas caminaron unos metros en lo alto de la plataforma a desnivel, donde antes había caído la vitrina de la tilma de Juan Diego. Tonantzin movió su garra izquierda, María su pie derecho.

Redujeron la distancia 50 cm entre sí con el primer paso (ambas avanzaron un cuarto de metro) y comenzó a brillar un halo verde azulado alrededor de la pareja de divinidades. Hubo un poco de alboroto entre toda la gente. Yo volteé a ver a Andrea, Clara, su familia y Miranda a la derecha; luego a mi papá y a Luis a la izquierda. Todos tenían la impresión de confusión y la adrenalina al máximo; nuestros cuerpos estaban preparados para lo que viniera ahora. Aún entre las masas de peregrinos y curiosos con vista al frente, más los que deseaban ingresar, el ambiente no estaba tan tenso como cuando los ocho entramos al templo.

Un paso más dieron María y Tonantzin cuando las intensidades del color y de la luz verde crecieron exponencialmente. Tuvimos todos los presentes en la basílica que cerrar los ojos para evitar el resplandor de solo unos minutos atrás, cuando apareció María. Antes de ese parpadeo vi cómo ellas se fusionaban en un solo ser, sus manos se confundieron en luz verde *aqua.*

No me atreví a abrir mis ojos hasta 5 segundos después, cuando la multitud se tranquilizó y se escucharon onomatopeyas como «¡ooohhh!», «¡aaahhh!», «¡wow!» cuyo sonido reverberaba *in situ*. No enfoqué mi visión hacia adelante al inicio, después de dejar entrar luz a mis retinas, sino que primero recorrí la multitud con la mirada y noté que varias personas estoicas se persignaban, algunas más rezaban y la gran mayoría llevaba sus rodillas al suelo. Alrededor de 7 500 personas se arrodillaron casi al unísono; de hecho, pude ver a la familia Ayala, Clara y su familia, de rodillas a mi derecha.

Cuando volví mis ojos hacia el frente de la basílica, vi algo hermoso que creí que nunca vería, aun después de morir. De pronto, en la figura con manto verde estrellado se reflejó un *flash* de celular que le hizo parpadear un poco. Unos tres metros frente a mí, un señor de veintitantos años había tomado la foto. Una señora de mediana edad, de entre 50 y 60 años, le tocó el hombro izquierdo y le dijo «NO FLACH», haciendo que todos voltearan a verla. El hombre giró su cabeza 90 grados en sentido antihorario para ver quién le hablaba, pude divisar su cubrebocas de tela negra, y, acto seguido, recibió un puñetazo de la mujer, tan duro, tan potente, que lo hizo ladearse y caer inconsciente. Luego, la señora pisoteó fuertemente algo hasta que se escuchó un «crac»: el teléfono del hombre. Finalmente, la señora giró al frente, se persignó tres veces y se arrodilló penitentemente.

Quien levitaba ahora enfrente se quedó perpleja y abrió al máximo sus ojos para poner una cara de confusión. No le dijo nada esa figura femenina. Tristemente, de esas pocas mujeres que todo México conoce por lo que hizo; en este caso, según se nos cuenta.

XXVIII

Apareció en el cielo una señal grandiosa: una mujer, vestida del sol, con la luna bajo sus pies y una corona de 12 estrellas sobre su cabeza. Está embarazada y grita de dolor, porque le ha llegado la hora de dar a luz.

Así corren los cinco primeros versículos de Apocalipsis 12.

Aunque quizás no eran las palabras exactas para describir a la mujer embarazada que levitaba a dos metros del suelo, frente a la cascada dorada y sobre el piso escalonado de mármol.

Si bien cuando ella se apareció había tanta luz como en nuestro astro mismo, poco a poco la fue perdiendo hasta cuando ocurrió el incidente del *flash* fotográfico. Presentaba muchas similitudes con las maneras de representarla: la joven morena encinta de entre 17 y 25 años portaba un listón negro alrededor de su cintura sobre su atuendo color salmón con múltiples grabados; a su ropa rosa y cabeza con cabello oscuro la cubrían un manto suave de color verde azulado oscuro, lleno de estrellas como si fuera el firmamento mismo. A diferencia de la pintura que hace algunos minutos colgaba en el lugar detrás de ella, la diosa frente a nosotros no tenía la luna ni a un ángel a sus descalzos pies.

La Virgen de Guadalupe estaba frente a nosotros, frente a México y al mundo, vista por miles a través de las cámaras periodísticas en la basílica.

Luego de desvanecer su rostro extrañado por el comportamiento de la señora mayor, sonrió nuevamente y dirigió su rostro hacia donde estaban los padres semi- o totalmente calcinados. Se apreció una decepción en su rostro; extendió su mano izquierda un poco con su índice recto y con un movimiento los dejó en el suelo entre la multitud, mientras los mortales hacían un hueco para recibirlos.

Se escuchó un poco de llanto y quejidos de personas cerca de la virgen, al frente de la basílica. Se alcanzó a oír una señorita de, quizás, treinta años decirle a la figura levitante:

—Por favor, devuélvenoslos, señora nuestra.

Ella miró en dirección al suelo, similar a la expresión de una madre cuando le dice a su hijo de corta edad que los reyes magos no existen: dolor, aunque un poco de alivio porque ahora sabrá la verdad y crecerá.

—Lo siento mucho, no puedo hacer nada. Están muertos —dijo la Virgen.

Bajo mi cubrebocas mi cara palideció, estaba atónito por lo que acababa de oír. Era cierto, nadie ha podido jamás evitar la muerte en la realidad, pero una reafirmación por parte de un ser divino era otra situación. Por todo el edificio se escucharon murmullos de mucha gente, antes de comenzar los llantos, asombros y enojos.

La Virgen de Guadalupe dirigió su mirada hacia el frente para ver a todos los que en ese complejo circular ponían atención a cada movimiento que ejecutaba.

—Por favor, síganme todos ustedes. Tengo algo muy importante que decirles, padres míos —sus últimas dos palabras resonaron en la iglesia con una intensidad incomparable: ¿padres? No creo que fuese yo el único que empezó a cuestionarse por qué dijo eso en lugar de hijos. Nosotros somos sus hijos, ¿o no?

Antes de cualquier cosa, la diosa, cuyo color de piel era como el de casi todos los que allí nos encontrábamos, empezó a caminar hacia el frente, con brazos sueltos a los lados, mientras las estrellas de su atuendo ondeaban sutilmente con sus movimientos. Debo decir que, para estar embarazada, no tenía tanta dificultad de movimiento.

Se acercaba a la salida de la basílica y las masas con y sin cubrebocas también se movilizaron; aunque en particular los reporteros no perdían su distancia con el numen. Tuvimos que salir mi papá, Andrea, Luis, Miranda y yo; a Clara y su familia los perdimos de vista en ese momento. Chequé mi teléfono cuando llegamos al atrio enorme de la Plaza Mariana para toparnos con miles de peregrinos más: eran las 8:10 p. m.

Alcé mi rostro y pude ver aún el helicóptero de adn40, que surcaba los aires cual buitre esperando a que su presa muriera.

Desde dentro del lugar, comenzaron algunos cantos de muchos fieles.

Desde el cielo una hermosa mañana.
Desde el cielo una hermosa mañana.

Los siguientes versos tuvieron más intensidad que los anteriores.

La Guadalupana, la Guadalupana,
la Guadalupana bajó al Tepeyac.

En eso, Nuestra Señora salió de su basílica y se dejó ver ante el mundo entero, enfrente de la Plaza Mariana, justo en el lugar preciso donde antes Tonantzin había destruido las letras, con la estatua de una supuesta falsa deidad. La escena de los penitentes de rodillas se repitió una vez más, pero en un lugar más concurrido y aun con menos mascarillas.

Todos, al ritmo de los de adentro, cantaron otra vez los cuatro primeros versos en honor a la Guadalupana.

Desde el cielo una hermosa mañana.
Desde el cielo una hermosa mañana.
La Guadalupana, la Guadalupana,
la Guadalupana bajó al Tepeyac.

La Virgen sonrió y continuó su camino, dio vuelta a la izquierda y se dirigió al norte. Su manto verde estrellado a su espalda era un poco opaco en la noche, pero el alumbrado público, los celulares y velas eran suficientes para darle su color original.

La multitud avanzó tras ella y a cada instante más y más se unían al séquito que la acompañaba. Yo quería ir, tenía muchas ganas de respuestas, al menos saber que este 11 de diciembre no fue solamente un motivo de regaño por desobedecer y escaparme al centro y a La Villa para, casi definitivamente, contagiarme de coronavirus.

—Papá, ¿podemos ir? —le pregunté bajo mi cubrebocas con mirada suplicante, transmitiendo en mi voz todo el anhelo que yo sentía.

Lo meditó un segundo y seguro le cruzó por la cabeza que ya no importaba qué hiciéramos, seguro ya teníamos el virus en nosotros. Además, él seguro estaba también ansioso por respuestas.

—Creo que será lo último de esta noche hasta que nos expliques a mí y a tu mamá qué ocurrió hoy. Después de esto, nos iremos todos a casa —dijo lo último mirando a Andrea, a Luis y a Miranda, quienes seguro tendrían que dar explicaciones, tal como yo, al final del día en sus hogares. Dicho esto, nos pusimos en marcha. Apreciaba lo que mi papá había hecho, sé que a él no le encantan los lugares concurridos.

Segundos después, el mundo empezó a cantar el himno guadalupano.

Suplicante juntaba sus manos.
Suplicante juntaba sus manos.
Y eran mexicanos, y eran mexicanos,
y eran mexicanos su corte y su faz.
Y eran mexicanos, y eran mexicanos,
y eran mexicanos su corte y su faz.

A unos cincuenta metros de la Virgen íbamos los cinco entre los peregrinos cantantes. Pasamos al lado del Templo Expiatorio de Cristo Rey y una estatua oscura del papa Juan Pablo II. Luego subimos unas escaleras con todas las personas y alcanzamos a ver al frente, a nuestra izquierda, el baptisterio de la Villa.

Su llegada llenó de alegría.
Su llegada llenó de alegría.
De luz y armonía,
de luz y armonía,
de luz y armonía todo el Anáhuac.
De luz y armonía,
de luz y armonía,
De luz y armonía todo el Anáhuac.

Alrededor de setenta metros caminamos hasta que terminó el Templo Expiatorio de Cristo Rey a la derecha de nuestro camino, a la izquierda se veía el fin del baptisterio. Ahora la Virgen estaba a mayor altitud del nivel del suelo, puesto que había unos arcos envueltos en enredaderas que, junto a todos los feligreses que le cantaban, impedían su paso continuo más adelante. Al frente, unas escaleras de cuatro metros de ancho abrían paso hacia las alturas del cerro del Tepeyac.

Junto al monte pasaba Juan Diego,
junto al monte pasaba Juan Diego.
Y acercose luego,
y acercose luego,
y acercose luego al oír cantar.
Y acercose luego,
y acercose luego,
y acercose luego al oír cantar.

Los escalones estaban adornados con gigantes rocas de tezontle aplanadas, incrustadas en el cemento. En todo mi campo de visión solo veía gente con cubrebocas de intensos colores, con velas, con estatuillas, con alegría, esperanza y admiración inconmensurables. Nosotros pasábamos debajo de los arcos con enredaderas, lo que me hizo darme cuenta de que más allá de donde se encontraba el caudal de la gente había jardines con plantas, árboles y flores que ya habían cerrado su capullo a esta hora.

De pronto, una persona con cámara de televisión golpeó a Luis, que casi cae y en consecuencia sería aplastado por la multitud, pero Miranda logró devolverle el equilibrio. Unos camarógrafos de la BBC se abrían paso para tener en primera fila a la Virgen de Guadalupe. El resto de los noticieros estaba adelante también, a pocos metros de la diosa, filmando y reportando, pero sus voces se perdían entre la sonoridad e intensidad del himno guadalupano.

Juan Dieguito la Virgen le dijo,
Juan Dieguito la Virgen le dijo.
Este cerro elijo,
este cerro elijo,
este cerro elijo para hacer mi altar.
Este cerro elijo,
este cerro elijo,
este cerro elijo para hacer mi altar.

Continuamos el camino por las escaleras entre el gentío, después de doblar a la derecha todos los caminantes donde había un nacimiento de 3 metros de largo y 2 de alto, adornado con focos azules en la oscuridad y ornamentado con cientos de flores de diversos colores, algunas naturales, otras artificiales.

Seguimos cincuenta metros más o menos subiendo escaleras bajo los arcos verdes, siguiendo a la mujer de manto verde estrellado. Un metro delante de mí iba un niño gordo de alrededor de 10 años, tocándose las piernas y quitándose el sudor; todo sin dejar de cantar. Era un pequeño sin cubrebocas, de cabello corto, playera roja y pantalones vaqueros azules; no recuerdo bien el color de los zapatos. Me recordó que México era el primer país en obesidad infantil del mundo, no necesariamente por su falta de ejercicio, sino principalmente por la mala alimentación de gaseosas y productos empacados por su sencillez, rapidez, sabor y desinformación (aunque también diría necedad de las consecuencias de su ingesta). Alimentos que han venido desplazando a los productos naturales locales, desde hace ya algunas décadas, en México y el mundo.

En la tilma entre rosas pintadas,
en la tilma entre rosas pintadas.
Su imagen amada,
su imagen amada,
su imagen amada se dignó dejar.
Su imagen amada,
su imagen amada,
su imagen amada se dignó dejar.

Una vez más nos topamos con la pared y el río de gente corrió ahora hacia la izquierda arriba. Atrás se podían ver los domos rojos de la Parroquia de Santa María de Guadalupe Capuchinas, los amarillos de la antigua basílica de Guadalupe y la estructura verdosa metálica de la actual. Así también, una miríada de humanos se encontraba en la Plaza Mariana y en la Calzada de Guadalupe, todos con una dirección: la misma que había tomado su señora, la Virgen.

A los cuantos metros de subir, la multitud dobló otra vez a la derecha para seguir subiendo con la Virgen. A pesar de subir 10 minutos junto con ella, apenas pude yo admirar con más detenimiento a esa deidad de nuestro color de piel, con el manto del firmamento y prendas rosas que le recubrían su piel. No volteaba su rostro atrás, ni tampoco a todos los reporteros o fanáticos que la atosigaban (eso sí, nadie se atrevía a tocarla, ya sea por respeto o miedo a que pasaran cosas como las que Tonantzin hizo algunos minutos atrás). Sus manos eran similares al caminar de cualquier ser humano, sin embargo, algo parecía molestarle, los dedos de sus manos jugueteaban mucho y movía la cabeza un poco de vez en vez; parecía insegura de algo.

Desde entonces para el mexicano,
desde entonces para el mexicano.
Ser guadalupano,
ser guadalupano,
ser guadalupano es algo esencial.
Ser guadalupano,
ser guadalupano,
ser guadalupano es algo esencial.

Nuestra Señora de Guadalupe dio vuelta a la izquierda una vez más hasta que se topó con un edificio virreinal de color café y blanco, encima de cuya puerta de arco de hierro colgaba un letrero: PANTEÓN DEL TEPEYAC.

Jamás había visitado ese cementerio, solo sabía que era el único panteón virreinal en funcionamiento hasta hoy. Allí se encuentran personajes ilustres o importantes para la historia del país. Por ejemplo, en ese lugar se encuentra enterrado Antonio López de Santa Anna (presidente de México en varias ocasiones, en un lapso de veinte años), Ángel de Iturbide (hijo de Agustín de Iturbide, primer emperador de México) y Delfina Ortega Díaz (la primera esposa de Porfirio Díaz).

El final del arco de la puerta coincidió aproximadamente con la cabeza de la diosa cuando llegó a la puerta. Con un movimiento de ambas manos, gesticuló para abrir la reja sin problema alguno. Luego descendió un poco para poder pasar por ella y la multitud le siguió a través del portal. Desapareció en el recinto y todos aceleraron, impulsados por la curiosidad. Andrea, Luis, Miranda, mi padre y yo igual seguimos el paso; subimos las escaleras que había frente a nosotros, intentando escabullirnos entre la multitud cantante.

Madrecita de los mexicanos,
madrecita de los mexicanos.
Que estás en el cielo,
que estás en el cielo,
que estás en el cielo, ruega a Dios por nosotros.
Que estás en el cielo,
que estás en el cielo.
que estás en el cielo, ruega a Dios por nosotros.

Pasamos el tramo que todos los reporteros y admiradores más fieles de la deidad habían pasado y llegamos al cementerio. Era ya la punta del cerro, no se podía subir más. Aquí, en algún punto incierto, estuvo alguna vez la casa de Tonantzin, un templo prehispánico dedicado a adorar a una madre de diferente nombre. Nos desplazamos así entre las tumbas, aunque, claro, no hubo patán que no se atreviera a pisarlas o golpear las lápidas.

En sus penas se postra de hinojos,
en sus penas se postra de hinojos.
Y eleva sus ojos,
y eleva sus ojos,
y eleva sus ojos hacia el Tepeyac.
Y eleva sus ojos,
y eleva sus ojos,
y eleva sus ojos hacia el Tepeyac.

En la oscuridad el panteón lucía escalofriante, no había luces más que las de las pocas estrellas y de la luna, que están a millones de kilómetros, y algunas velas que los peregrinos traían. Pronto, pequeños puntos de luz nacieron, la gente comenzó a encender las lámparas de sus celulares. Andrea fue la primera en hacerlo y me apuntó directamente a los ojos. Me reí un poco mientras cerraba los ojos; ella pidió perdón y alumbró hacia el frente. Luego, Miranda y Luis prendieron sus luces. A medida que los fotones inundaban el lugar, pude ver el cubrebocas verde de Luis, el naranja de Miranda, el morado de Andy y el blanco de mi papá. No obstante, también resaltó que cerca de 70 % de los que allí nos encontrábamos no tenían protección alguna.

La Virgen se detuvo algunas tumbas más adelante, giró 180 grados a manera de ver hacia el sur y se elevó hasta que su cabeza tocó los tres metros de altura con respecto al suelo. Algunos se detuvieron, pero el río de peregrinos no dejaba de mojar el cementerio con su caudal. Los cinco seguimos avanzando hasta que nos encontramos alrededor de cuatro tumbas a la izquierda de la Virgen de Guadalupe, observando en dirección del poniente.

Había periodistas con cubrebocas y cámaras a sus pies: se veía un micrófono de TV Azteca, un logo de DW, otro de la BBC, de adn40, una cámara con una etiqueta de CNN; también creí ver uno de Televisa, incluso unas imágenes de RT y NHK. Había algunos más pero no los logré reconocer. En la distancia, también se oía el zumbante sonido del helicóptero que vigilaba en el cerro del Tepeyac.

La diosa bajó la mirada, como tomando aire y coraje para lo que estaba a punto de decir o hacer.

—Hijos míos, padres míos, madres mías, hijas mías, no deseo yo el sufrimiento humano, pero nosotros los dioses no podemos, bueno, no debemos, intervenir jamás en este mundo: por eso no reviví a los diez sacerdotes allá abajo —hizo una pausa para que se asimilaran sus palabras. Hablaba con ternura, mas con la firmeza característica de una mamá—. Cuando lo hacemos surgen los problemas, y eso se ha visto desde que nacimos hace miles de años. El ejemplo más reciente es la intervención de Tonantzin para destruir aquel templo —dijo, apuntando con el dedo índice derecho hacia la dirección de donde veníamos—. Lamentablemente, nosotros somos tan propensos a ser manipulados como ustedes, las mujeres y hombres de todo el mundo.

—Durante la Conquista, Tonantzin estaba destruida ante la impotencia por sus hijos y padres. El colmo fue la fiesta Toxcatl, una de las escenas más violentas en ese mes, por lo que, de tanto dolor, decidió encerrarse por siempre en una pequeña figurilla que una mujer encontró algunos años atrás en el Templo Mayor. No obstante, desconozco qué la hizo despertar algunos meses atrás para culminar en los eventos de hoy; tal vez estar medio milenio encerrada le aburrió.

En eso, la voz de una jovencita la interrumpió. Clara, a solo unos metros del numen flotante, que estaba alrededor de su familia y de otros peregrinos, preguntó:

—¿Por qué nos llamas padres? ¿Qué no eres tú nuestra madre?

—Sí y no —respondió ella casi inmediatamente—. De eso quería yo hablar, de todos ustedes, puesto que los he visto desde hace siglos venir aquí con su madre, la virgen morena, para que yo les dé protección o el bien, que lamentablemente nunca he podido hacer ni podré jamás. Ciertamente, ustedes dicen que soy su madre, supongo que no tengo muchas opciones. Sin embargo, debo decirles que no solo soy su madre, soy su hija igualmente.

Era muy complicado entenderla, era algo tautológica a veces y podría decir que intentaba evadir el tema. No obstante, antes de seguir con esa línea de pensamiento, nuevamente habló iluminada por las luces artificiales.

—Son ustedes mis hijos por los deseos, pero son ustedes mis padres por los hechos. Ustedes, todos ustedes me dan la vida cada vez que creen en mí; lo mismo pasa con todos los otros dioses que hemos nacido. De hecho, el primer hombre que me dio a luz fue Marcos.

—¿No fuiste tú la que se le apareció a Juan Diego aquí? —preguntó uno de los periodistas de Televisa bajo su cubrebocas.

—¿Quién? —respondió la Virgen, transformando su rostro de amable a confuso.

—Al indio en cuya tilma te dejaste ver —contestó toscamente el reportero de TV Azteca, pero no fue tan inteligible por su cubrebocas de color negro.

Ella hizo una mueca de disgusto y comenzó a enervarse la gente, a quejarse y a preguntarle a la Virgen como si fuera cualquier hija de vecina.

Ante esto, ella se llevó un dedo a la cara e hizo una seña de silencio, con lo que todos regresaron a la calma. Volvió su mano a un costado de su cuerpo y se movió el listón negro que portaba encima de su vientre embarazado.

—No hagan un alboroto, no estoy para eso —dijo severamente, para luego tranquilizarse y seguir su discurso—. He venido hasta la cima de este lugar para comentarles detalles que María y Tonantzin en otros idiomas habían pensado. Vayamos poco a poco. Primero, sepan todos ustedes que yo nací por ustedes, no para ustedes: ustedes son mis padres, ustedes me crearon.

XXIX

Una urraca cantó a escasos metros de donde nos encontrábamos. La oscuridad era tan densa que no era posible distinguir al ave entre las tumbas y árboles del panteón. Además, todas las luces estaban dirigidas ahora a nuestra madre y a nuestra hija. Fue impactante lo que dijo. Muchos estaban mudos, quizás deseaban salir de ahí para no escuchar la verdad, pero por la curiosidad o el morbo permanecían inmóviles.

—Luego de que acabó el periodo prehispánico, el 13 de agosto de 1521, inició el periodo colonial. No obstante, la evangelización era un desastre, muy sangrienta y complicada. Así que algunos franciscanos pidieron a un estudiante indígena que pintara una virgen morena, alguien con quienes, acorde a los padres, los «indios» —enfatizó esa palabra mientras volteaba a ver al periodista de TV Azteca con enojo— pudieran identificarse. No recuerdo muy bien su nombre, pero parece que se llamaba Marcos Cipac Aquino. Él me dio vida, luego los franciscanos me usaron para proclamar la palabra del señor —dijo esto último elevando los ojos al cielo, con disgusto.

—No supe yo más lo que ocurrió con él, tristemente; pero puedo decirles lo que ocurrió con su obra, que fue quemada hace algunos minutos, eso sí lo sé. En los años subsecuentes, las noticias de la pintura de la virgen morena recorrieron toda la Nueva España, por lo que comenzaron indígenas y españoles a venir aquí —extendió sus brazos a los lados—; aquí, a donde antes estaba el templo de Tonantzin. Tonantzin, madre (e hija) de millones de indígenas, fue metamorfoseada, junto con la Virgen María, en mí. Con algunas insignias indígenas en mí, me convertí en alguien perfecta para evangelizar al Nuevo Mundo. Inmediatamente después de que nací, fui usada como una herramienta. Después de destruida la casa de Tonantzin, construyeron una ermita en el nombre de la virgen morena. Yo aún no tenía nombre.

Sus brazos volvieron lentamente a su posición inicial y su faz mostraba algo de dolor, arrepentimiento.

—El arzobispo Montufar usurpó mi nombre de otra Virgen que está en Extremadura, España: Guadalupe. Colocó mi nombre para que a mí, bueno, en realidad a toda la Iglesia de la Nueva España, le llegaran los donativos que el pueblo dejaba para Guadalupe. Hasta entonces solo era yo una pintura de un indígena que daba ilusión a todo un mundo, un método para darles dinero a algunos padrecitos.

Las palabras tan amables y verdaderas de la diosa estremecían mis sentidos. Creo que por eso estaba tan nerviosa en el camino hasta acá, porque iba a revelar la verdad. Tal como una madre cuenta a sus hijos pequeños que las cigüeñas no traen bebés, que el ratón de los dientes en realidad es otro animal, que el mundo no es una utopía, que existe el mal, a pesar de todo lo que en su contra se diga. Es muy duro, pero necesario para el desarrollo de un infante.

—Conflictos en 1556, de si yo era real o no, ocasionaron que algunos años después apareciera el *Nican Mopohua*, que fue escrito por quién sabe quién. Ahí aparece Juan Diego, las rosas, la tilma, un poder celestial. Para entonces, el mundo empezaba a creer que mi pintura era de origen mágico, no un trabajo a mano de un brillante artesano. Desde entonces la Iglesia repite esa historia para decir que yo soy una diosa, que la imagen está en un ayate de una persona que no existe, cuando en realidad nací de la manera más terrenal posible: mediante una pintura.

—Solo ustedes me han mantenido viva, creyendo que yo existo y que tengo un propósito de existir. Solo cada vez que me dan la oportunidad de existir, existo, padres míos. Empero, quiero también que ustedes sepan que yo no tengo problemas en vivir o no, y menos si es para el lucro de unos cuantos, eso me repugna. Además, tampoco me es posible intervenir como antes dije. Incluso no hay mucha diferencia entre vivir y no hacerlo, de hecho.

Lo último me espantó. Nadie ha regresado de la muerte para contarnos cómo es, si es mejor o peor que este universo, pero tampoco me gustaría experimentarla pronto, prefiero seguir vivo, disfrutando lo que conozco.

—Con problemas como los míos hemos pasado todos los dioses que han nacido de ustedes. Iglesias de todos los credos han tergiversado nuestras ideas, amabilidad y cariño para sacar provecho del mundo: poder y riqueza. Es difícil enumerar en una noche todos los casos. Tonantzin y María hablaron entre ellas hace rato, mencionando que en ocasiones los númenes, por nuestra impotencia en este mundo, somos usados a conveniencia de quien nos da a luz. Sin embargo, eso puede cambiar.

—Niños, padres, por favor, quiero darles un último punto de mi gran monólogo. Por favor sean buenos no solo porque alguien les dijo que yo, o los otros dioses, les hemos exhortado a hacerlo. Hagan el bien por el bien mismo, este es mi mensaje. No se necesita ninguna iglesia o templo para esto, solamente una enseñanza social: para salir adelante únicamente se debe trabajar o luchar por lo mejor, por lo que reduzca justamente al mínimo el sufrimiento de todos—.

Se me llenaron de lágrimas los ojos al escuchar eso de ella. Lo bueno siempre ha sido un umbral sin límites específicos para la mujer y el hombre, pero con una definición más sensata, la reducción del dolor al mínimo, podríamos empezar a delimitar esa área gris de la bondad y de lo bueno.

—A partir de hoy, quiero que sepan que no puedo, ni yo ni ninguna divinidad, darles de comer o hacer milagros por ustedes. No porque no podamos, sino porque creemos que no es lo mejor para ustedes: cada persona debe lograr salir adelante con lo que tiene frente a sí misma. Francamente, tampoco damos importancia a un pusilánime y flojo que pide comida después de no trabajar en la semana —debo reconocer que fue impactante lo franca que fue ella en su última oración.

—Antes de despedirme, concluiré con esto: por favor, vivan su vida haciendo el bien, trabajando y haciendo lo mejor para reducir el sufrimiento y salir adelante. Recuerden esa sabiduría que desde niños les enseñan, pero que muchas veces se les olvida. Respecto a mí y a todos los dioses, no es necesario que nos piensen diariamente, nos veneren o amen. Nosotros somos producto de ustedes, entonces, todas las respuestas que no-sotros podemos dar o lo que podemos hacer son las que us-tedes pueden darse o aquello que pueden ustedes hacer. Fi-nalmente, no dejen que la maldad florezca, es hiedra veneno-sa, y más en cuestiones de poder y dinero. Para todas las iglesias del mundo: no es necesario que asistan más, puesto que todo lo que en ellas se les enseña se puede encontrar en otros lugares (salvo los mitos, claro), desde los amigos y la familia hasta en los libros y consejos.

La Virgen sonrió con gran intensidad y llevó sus manos al frente de su vientre, cruzándolas frente a su futuro hijo. Miró a todos sus padres e hijos con gran alegría, observando sus rostros de sorpresa, enojo, miedo, desesperanza, incredulidad, *shock*, gozo, felicidad y orgullo.

Creo que nunca había habido una diosa más verdadera, una virgen verdadera en este caso, que diera a conocer sus ideas a través de sí misma, sin intermediarios, para ser una versión completamente correcta.

—¿Qué pasará con tu imagen, señora mía? —dijo una mujer morena sin cubrebocas, arrodillada atrás de ella.

Se volteó con cuidado, sin mover sus manos de enfrente de su hijo; solamente el firmamento bailó con el movimiento, de tal modo que quedó de espaldas a las cámaras de la prensa, la televisión y a la entrada del cementerio.

—No se preocupen, estoy segura de que podrán pintar otra si así lo desean o requieren —no desvaneció la virgen su sonrisa, pero sí apareció un gesto de desaliento en la mujer penitente.

Así, con la dicha de pensar que estas revelaciones y consejos podían ayudar a la realización de sus hijos, ascendió en línea recta hacia las estrellas.

XXX

A eso de las 9 p. m., Andrea, Miranda, Luis, mi padre y yo habíamos salido del complejo de La Villa. Después de tomar la salida oeste, saliendo por atrás de la Basílica de Guadalupe, caminamos poco menos de un kilómetro por el lado derecho de la avenida Montevideo, en dirección a la colonia Lindavista, donde mi padre había encontrado un lugar de estacionamiento.

Antes de irnos, nos despedimos de Clara y su familia en el panteón del Tepeyac. Ellos vivían en Martín Carrera, me dijo esa noche, por lo que se fueron en dirección contraria.

Cuando pasamos la calle de Unión y estábamos junto al Hotel Montevideo (un edificio que parecía un panal, con celdas, ventanas cuadradas de dos tonalidades café) desaparecieron un poco los peregrinos y fieles que iban en dirección a una basílica semichamuscada. Como la cantidad de gente se redujo, sacamos nuestros teléfonos y todos empezamos a marcar a nuestros padres, mi padre y yo a mi mamá, quien seguro estaba sumamente alterada por mi desaparición hasta estas horas de la noche. Empero, no respondió a mi llamada ni a la de mi papá.

Acordamos todos, luego de varios regaños, ir a la casa de Miranda en Azcapotzalco. Mi padre nos llevaría y ahí irían los familiares de Luis y de Andy por ellos. Como era un punto medio, la verdad no hubo muchas objeciones. Miranda nos dio la dirección de su residencia y todos nos pusimos en marcha.

Yo subí como copiloto cuando arribamos al coche, mi papá condujo y mis tres amigos atrás; pusimos nuestras mochilas en la cajuela. Al sentarme, sentí un alivio increíble, estaba casi muerto del ejercicio y de la odisea que vivimos desde la prepa 9 hasta la basílica. El asiento era tan suave que yo solo deseaba cerrar los ojos y dormirme, pero el hambre y la pena me lo impidieron.

No habíamos hablado mucho desde que desapareció la diosa en el cerro del Tepeyac, si acaso algunas palabras. Nosotros, los cuatro jóvenes, estábamos un poco alterados por lo que ocurriría al llegar a casa; aunado a que todavía teníamos algo de susto por la pistola que la maestra de historia había disparado una hora y media atrás.

La quietud del coche fue interrumpida por una llamada de mi mamá. Fue difícil distinguir entre si sentía decepción de que la desobedeciera, coraje por mis acciones, enojo porque no le llamamos antes (eso dijo ella y ya no le reclamé) o satisfacción de que yo me encontrara bien. Le expliqué, junto con todos en el auto, que iríamos adonde Miranda para que todos llegaran a sus casas. No estuvo de acuerdo al principio, pero le hicimos saber que era una decisión ya tomada. Mi papá y yo afirmamos que estaríamos juntos en casa para las 10:30 p. m., a más tardar.

Llegamos a las 21:35 a la unidad habitacional en Azcapotzalco y pasamos al edificio donde vivía Miranda. Al tocar la puerta, nos abrió su padre, un señor de alrededor de 55 o 60 años, con camisa lila y pantalones vaqueros, que traía un cubrebocas blanco. Nos miró a los cinco con cubrebocas y nos saludó a todos. Inmediatamente se lanzó por un abrazo de Miranda. Si bien seguramente después de que nos fuéramos le daría una regañina linda, por el momento lo importante era que su pequeña estaba en casa.

Entramos a la residencia y en la sala ya se encontraban los padres de Luis y Andrea. Tal como la escena anterior, la madre de Luis, con cubrebocas azul, abrazó a su hijo; su padre no, imagino que estaba más molesto con él. Al término de su encuentro, su madre le dio un zape a Luis sin explicaciones. También habría consecuencias para cuando estuvieran en casa.

Andrea y su familia no hicieron ningún escándalo ni sus padres parecieron regañarle al instante. Su padre y su madre la abrazaron de tal manera que el abrazo les desacomodó el cubrebocas a los tres. Me contó ella después que le dijeron ambos «en la casa lo arreglamos».

En la sala nos encontrábamos Miranda, Luis, Andrea, junto a sus respectivos padres, mi papá y yo; cada uno con cubrebocas. Los anfitriones pidieron dejar las mochilas (a Luis y a Andrea, ya que la mía se quedó en el coche y la de Miranda, simplemente la llevaría a su cuarto) en un lugar cerca de la puerta. Luego nos ofrecieron café y pan, lo que nos cayó como anillo al dedo a los cinco que veníamos del cerro del Tepeyac: teníamos mucha hambre, pues la comida de El Volcán ya había sido metabolizada. Los adultos dijeron entre sí que sería bueno escuchar las versiones de los cuatro, para evitar que alguno de nosotros intentara mentirles. Esa fue nuestra charla mientras cenábamos.

Cuatro veces fue contada la historia de Tonantzin, desde su aparición en la prepa, cerca de los laboratorios LACE; la ida al Templo Mayor y sus consecuencias; el viaje en mototaxi hasta llegar por las ecobicis que nos robamos (literalmente, puesto que no las devolvimos); luego nuestro encuentro casi mortal con la maestra de historia, con mi papá, la quema de la supuesta tilma de Juan Diego y las apariciones de las dos vírgenes. En general, ninguno estaba convencido 100 %, y se distinguía en sus rostros, de nuestro relato. Sabíamos que nuestras historias tendríamos que contarlas nuevamente en el camino a nuestros respectivos hogares.

Dieron las 22 horas cuando todos habíamos terminado de comer y nosotros cuatro de narrar. Luis y su familia se estaban alistando para irse; la familia de Miranda hablaba en un rincón de la sala; los padres de Andy discutían en tono tranquilo en un sillón, enfrente de donde yo estaba. Mi papá me pidió que me preparara, pues pasaría al baño y luego nos iríamos en el coche con mi mamá y mi hermana.

Una vez que ingresó mi padre al sanitario, Andy se dirigió sola a la puerta y salió. Por instinto, yo la seguí, pues sus padres no lo hicieron y parece que ni siquiera lo notaron. Afuera, en el pasillo de la base del edificio, estaba oscuro y solo nos iluminaba una débil luz del alumbrado de la unidad habitacional. Se detuvo junto a la puerta, observando el jardín y los otros edificios enfrente de nosotros.

—¿Estás bien, Andy? —le pregunté con mi cubrebocas blanco. Ella volteó despacio, dejando ver su cubrebocas morado. Aunque, como a mí, se le notaba cansada, maravillada y con incertidumbre, me parecía igual o mucho más bonita que cuando la encontré después de mi entrenamiento.

—Sí, sí, es solo que salí para procesar esto, Rod. La tarde de hoy fue increíble y también traumática. Jamás había visto a un dios, nunca me habían amenazado con un arma y para nada había estado entre una cantidad astronómica de gente.

—Hoy fue un día interesante —le contesté, con un poco de ironía—. Yo tampoco estoy seguro de comprender los sucesos de hoy, me tomará algún tiempo asimilarlos, Andy. Al igual que tú, tengo ahorita muchísimos pensamientos en la cabeza: los dioses, el arma de la profesora Verónica, mis padres y el hecho de que seguramente contrajimos coronavirus entre esa multitud.

Me miró con seriedad y yo le regresé la mirada. Ambos sabíamos que era grave, en dos semanas empezaríamos con fiebre, cansancio, dificultades para respirar, tos seca, y, en caso extremo, moriríamos; o quizás no pasaría nada, puede que resultemos asintomáticos.

—Lo último, me parece, es lo más alarmante: he tenido desde niña algunos problemas respiratorios, con el coronavirus puede que se me compliquen mortalmente. Y tampoco quiero que nada les pase a mis padres. Me siento impotente —en su voz era audible la preocupación y la angustia. Rápidamente decidí abrazarla, para intentar consolarla, y ella abrió sus brazos. Sentí sus prendas y el cubrebocas, así como las emociones que ella experimentaba.

Podía entender muy bien lo que sentía. A pesar de que no tenía problemas respiratorios, mi papá era hipertenso y mi abuela materna ya era una señora de casi 70 años. Ambos casos incrementaban la gravedad de los síntomas de SARS-CoV2. Al llegar yo a la casa, pondría a Ita (así le decía, de niño yo no podía decir bien abuelita, y quedó tan arraigado en la familia que, aún a mis 16 años, le sigo diciendo así) bajo mucho riesgo. A mi papá lo llevé directamente a la basílica y sentí en ese momento que lo llamé a su perdición.

Quisieron salir lágrimas de mis ojos, pero no las dejé, desplacé los pensamientos para contenerme. Con ojos llorosos no podría asimilar lo que me esperaba el resto de la noche. No obstante, el abrazo con Andrea me tranquilizó bastante y cuando terminó sabíamos que ya no se puede hacer mucho, al menos hoy ya no. Mañana sería otro día.

—Y, bueno, respecto a Tonantzin —continué la conversación pese al breve tiempo que teníamos— y a las vírgenes, ¿por qué crees que hablaban esos idiomas, Andy?

—Creo que tomaron los idiomas de quienes los conciben. Lo que encuentro fascinante es que podían entender cualquier idioma. Tonantzin nos comprendía, pero no hablaba nuestra lengua. Te podría jurar que la Virgen María habría podido comprendernos, a pesar de su extraña lengua madre.

—Eso suena razonable, mas no me convence que hablen solamente un lenguaje —le argumenté yo—. A Tonantzin la veneraban habitantes de toda Mesoamérica y, en el cerro, la Virgen de Guadalupe nos dijo que todos somos sus padres al concebir a los dioses. ¿Qué no entonces deberían de hablar ellos como nosotros? Tonantzin debió de hablar mixe, maya, purépecha, quiché, zapoteco, mixteco, otomí, y todas las lenguas indígenas habladas entonces, muchas de ellas hoy en peligro de extinción. Incluso quizá conoció el español, puesto que se transformó en una estatua cuando ya habían llegado los españoles.

—Bueno, los entiende, siempre es más fácil entender una lengua que hablarla; tal vez a los dioses solo se les enseña a entender. No solo eso, ahorita que dices lo de la figurilla de Tonantzin, creo que habría sido bueno pesarla; ahora tendríamos ese dato y podríamos darles la razón o refutar a los grupos esotéricos que afirman características de otro mundo.

Me reí por el último comentario. Sí, debí seguir mis instintos en el Templo Mayor. Las cosas estaban mejorando, simples palabras pueden cambiarlo todo.

—¿Qué crees que pasará ahora? —me preguntó ella.

—¿Con nosotros? —le contesté sin pensar. Me sonrió y me tomó un poco comprender por qué lo hacía: mi inconsciente me había delatado. No me quedaba más remedio que confesarme, pero ella tomó la palabra antes.

—Bueno, yo me refería a las religiones del mundo. Una diosa acaba de decirnos que no es necesaria la Iglesia, algo que desde siglos atrás sabemos, pero por primera vez una divinidad lo había dicho. ¿Habrá conflictos? ¿Esta noticia llegará a todo México? ¿Cambiará la gente?

—Eso es complicado, imagino que solo se verá con el paso de los meses. Habrá que esperar las declaraciones vaticanas, las de los diversos obispos de toda Latinoamérica. Respecto a las confrontaciones, sí, las habrá. Miles tuvieron la oportunidad de verla y miles de millones más en televisión internacional, pero algunos no se convencerán de su manifestación. Se presentarán muchos debates acalorados que buscarán infructuosamente la verdad absoluta. Casi como lo que siempre ha sucedido. La gente podría cambiar, pero también es muy olvidadiza, solo recuerda lo que comentó la Virgen en el cementerio: en tan solo medio siglo, o setenta y cinco años, la gente perdió la noción de que la imagen de la virgen morena fue hecha por manos humanas y no por un milagro —creo que gimoteé algo en mis últimas palabras, pero no lo compuse con nada más; a Andrea le tocaba hablar ahora.

—Solo espero que no involucre tanta muerte y levantamientos —pidió ella, con voz algo cansada—. Las palabras de los dioses pueden ser verdaderas, pero no todos están preparados para ellas.

—Ah, y con respecto a nosotros…

—¿Sí?

Me llegaron los nervios e indecisión, quizá podía hacer lo que deseaba desde que nos reunimos unas horas antes, momentos antes de que llegaran Luis y Miranda.

Dos segundos pasaron mientras subí mi mano diestra y bajé mi cubrebocas blanco hasta la barbilla; estaba un poco mojado y olía algo a tamarindo, similar a como me olió en la basílica. Definitivamente tenía que lavarlo. Acto seguido, de su mejilla izquierda tomé el cubrebocas morado de Andrea y lo deslicé hacia abajo, descubriendo y maravillándome de su rostro.

Sin pensarlo más la besé en los labios. Fue hermoso y satisfactorio, tanto que por un instante olvidé que me esperaban regaños después, y de todo lo demás, para concentrarme solo en el presente. No recuerdo muy bien cuánto duró aquel beso, pero cuando me separé para mirar sus ojos supuse que no era una respuesta tan concreta a qué ocurriría después; sin embargo, tampoco creo que la necesitáramos. Existía demasiada incertidumbre con respecto a nuestra salud, la relación entre nosotros y con nuestros padres, y con los sucesos que el mundo viviría próximamente. Por ahora, un beso bastaba.

XXXI

Mi papá y yo no nos dirigimos a nuestra casa cuando dejamos la residencia de Miranda. Inmediatamente al salir mi papá del baño me explicó que mi madre le llamó y no nos recibiría en la casa, que estaba muy molesta conmigo y además no quería que llevásemos el coronavirus a la casa.

Luego de despedirme de todos, principalmente de Luis, Miranda y Andrea (a quienes prometí hablar pronto por video-llamada para compartir lo que pasó antes, durante y después de lo de hoy), me retiré con mi papá al coche a las 10:20 p. m., en marcha hacia la casa de mi abuela paterna, en Ecatepec. Era una gran suerte que mi papá tuviera las llaves en su carro y pudiésemos pasar la noche en ese lugar.

Desde que llegamos al coche, comenzamos a platicar mi padre y yo de todo lo que había pasado, de las sorpresas y razones de lo que había ocurrido. Estaba disgustado con lo que hice, sí, pero también lo había enervado un poco que su esposa nos haya prohibido llegar a dormir en nuestras camas. Ella, me contó él, fue quien le pidió que fuera a buscarme para traerme de los pelos a la casa. Fue así que me llamó para razonar cuando mis amigos y yo estábamos en el mototaxi. Él entonces se encontraba de regreso del trabajo, viniendo por la vía Morelos, cerca de La Villa. Enseguida buscó lugar de estacionamiento cuando llegó a Lindavista. Dejó el vehículo y abrió su teléfono para marcarme nuevamente y vio en las notificaciones algunas noticias sobre un ser extraño que levitaba quejumbroso en dirección al Tepeyac. Leyó el texto completo que publicaba El Universal y supo inmediatamente que yo no había mentido. Llamó entonces a mamá y le contó lo sucedido; al principio se mostró reticente a aceptarlo, pero después de encontrar algunas notas en internet comenzó a creer.

Una vez más le relaté todos los acontecimientos desde la aparición en la prepa hasta cuando él nos encontró. Hasta que entramos a la vía Morelos, la atmósfera del auto estaba algo tensa. Entonces me preguntó de Andrea, supongo que nos observó besándonos afuera de la casa. La conversación se volvió mucho más cómoda y dejamos los regaños y enojos de un lado. Así como con Andy, comenzaron las preguntas sobre lo que pasaría con nosotros y la Iglesia en los próximos meses.

Mi papá argüía que habría violencia y conflictos en varias partes de México y el mundo, por la gran cantidad de reporteros que había en el cementerio que dio a conocer a la Virgen de Guadalupe. También me comentó que estaba perplejo, incluso más que yo, acerca de que puede existir un mundo divino si nosotros lo creamos. Entre otras cosas, le daba igual mucho gusto que la Iglesia recibiera un golpe tan duro ante tantos miles de personas, además complementaba que seguro que podría haber cambios en la idiosincrasia de algunos mexicanos solo para complacer a su Virgen.

De las múltiples hipótesis y preguntas, comentó mi padre un planteamiento que hasta hoy no logro refutar o entender por completo:

—Los dioses existen, de eso tal vez no hay duda. Dudo que todos hayamos estado drogados y viendo la misma cosa —me dijo en tono irónico—, pero tampoco hemos aprendido nada que no supiéramos ya. Dios jamás me ha puesto un plato de sopa enfrente cuando tengo hambre, ni lo habría hecho. Hoy, que sabemos que los dioses viven, igual nos enteramos de que aunque pueden darnos un plato de sopa no lo harán, y tampoco podemos hacer nada al respecto. Lo único que podemos hacer es cocinarla nosotros mismos.

—El saber que las divinidades existen —continuó él mientras nos incorporábamos a la avenida 1º de Mayo— no ha modificado en nada nuestras vidas ni las del resto del mundo. Entonces, si alguna vez se afirma que Dios existe, solo se tiene que asentir y decir: «Sí, ¿y qué? ¿Y ahora qué?».

Giramos a la izquierda en la calle Norte 10 hasta topar con pared, luego un giro más a la izquierda, en Ignacio Zaragoza, e inmediatamente en la calle de Faisanes hasta encontrar la casa de mi abuela paterna. Con rejas blancas, que podrían permitir el paso de un niño de 3 años y un árbol enfrente, la casa de mi abuela nos esperaba en la oscuridad. Ha estado vacía desde hace algún tiempo, por lo que de vez en vez la checamos y limpiamos.

Metimos el coche y fuimos a una pequeña tienda de abarrotes, que seguía abierta hasta las 23:15 o 23:20, para comprar algo de comer. Compramos algunas botellas de agua, pan empacado, queso Oaxaca y tortillas. Regresamos a cenar y casi nos acabamos mi papá y yo todo lo que trajimos. Debo decir que el queso estaba ligeramente pasado, pero con mi hambre no le puse ningún «pero» a las quesadillas que nos hicimos en la estufa.

Comiendo, decidimos que si mi madre nos obliga a quedarnos aquí para guardar cuarentena, porque quizá teníamos coronavirus, deberíamos de ir mañana al supermercado temprano para llenar el refrigerador, vacío salvo por una mermelada y medicinas casi caducas.

No pudimos bañarnos esa noche, a pesar de que ambos tanto lo queríamos después de estar entre la multitud y con el sudor de la odisea del día de hoy. Mi papá activó una bomba de agua para que subiera el líquido al tinaco del techo y por la mañana hubiese suficiente para los dos.

Subimos al segundo piso de la casa y mi padre comenzó a recorrer los cuartos de la vivienda. Había muchos libros tirados, juguetes amontonados y bastante tierra por limpiar, pero nada fuera del lugar. Encontramos en un closet de mi abuela un poco de ropa de su esposo, que al menos podría servirnos para cambiarnos y dormir con prendas aseadas. La única muda de ropa mía era la del entrenamiento, que estaba en mi mochila, aún empapada de sudor.

Nos fuimos a dormir alrededor de las 11:50, mi papá pasó la noche en el cuarto donde dormía cuando era más chico y yo en donde mis abuelos solían descansar. La habitación tenía dos muebles de madera a ambos lados de la cama, llenos de ropa y con objetos (desde fotos, perfumes, relicarios e imágenes hasta monedas antiguas) que en la oscuridad lucían aterradores. Peor aún, desde mi perspectiva, acostado, podía ver varias repisas metálicas llenas de juguetes y latas vacías; arriba de mí una red con peluches de ojos penetrantes.

Sabiendo que tenía una puerta atrás, a la izquierda, que llevaba a un cuarto aún más oscuro, no tuve facilidad para conciliar el sueño. Era la segunda vez que dormía en esta vivienda. No eran tétricos sonidos inexplicables, sino el mismo silencio, que se asemejaba a una bestia que engullía todo con el paso del tiempo, dejando oscuridad como resultado.

Empero, el cansancio me estaba matando, por lo que unos diez o quince minutos después, luego de la medianoche, por fin me quedé dormido.

XXXII

Los días siguientes transcurrieron tranquilos, sin más apariciones divinas y en cuarentena, pero en mi hogar. Mi madre nos llamó por la mañana para disculparse y también regañarme un poco por mis acciones del 11 de diciembre.

El sábado 12 de diciembre condujimos mi papá y yo hasta nuestro hogar por la mañana. Esta vez yo iba al volante, el día anterior mi padre creyó que sería algo riesgoso que yo manejara, tanto por mi cansancio como por la oscuridad. En casa, a mi mamá y a mi hermana les dio mucho gusto verme, y a mí me encantó también tenerlas cerca, a pesar de que el día anterior nos habían cerrado las puertas. Les conté mis aventuras sobre Tonantzin, nuestra carrera ciclista en Reforma y la Calzada de Guadalupe y los sucesos mágicos de La Villa. Pedí mil veces disculpas por la desobediencia que había mostrado, argumentando que tenía sentimientos de deber con Tonantzin, pues Andy, Miranda, Luis y yo la habíamos despertado y supuse que, de algún modo, teníamos alguna responsabilidad con ella; además los milagros daban mucha curiosidad.

Mis padres y mi hermana Rebeca me comentaron que el 11 por la noche todos los noticiarios o periódicos estaban cubriendo la historia de diosas que se aparecían; ángeles que guiaban, decían algunos, demonios que destruyeron y quemaron gente, dijeron otros. Algunas cadenas periodísticas cubrían más y más verazmente los sucesos que otras. Muchas tomaron testimonios desde el Templo Mayor, donde les comentaron que se había escuchado un grito atormentador. Ya había olvidado yo ese grito, pero no el dolor que nos provocó a Luis, Miranda, Andy y a mí cuando llegó a nuestros tímpanos. En general, solo Milenio cubrió la nota completa desde el Templo Mayor, las órdenes ininteligibles en náhuatl de una mujer con gabardina roja y las revelaciones guadalupanas en el cerro.

No sufrí tantos regaños como esperaba. Principalmente sentían un poco de decepción porque les había dado la espalda para hacer mi santa voluntad; pero también algo de orgullo por haber seguido mis instintos y aceptar por completo mis ideales y las consecuencias de mis acciones.

Nos pusieron a mi papá y a mí en cuarentena, encerrándonos en mi cuarto y en el cuarto donde dormían mis padres, respectivamente. Ya ahí dentro, ese sábado empecé a comunicarme con Andrea, Miranda y Luis. No hicimos una videollamada, pero por mensajes me comentaron que en sus noches no hubo tantas reprimendas como esperaban. A ninguno lo felicitaron, claro está, pero tampoco hubo castigos severos.

Por chat, Miranda nos preguntó si sabíamos de la profesora Cordero, mas no pudimos contestarle. Ya jamás volvimos a saber de ella. Andrea nos comentó que para enero les habían cambiado de profesor de historia. Seguro que escapó de la turba que le jaloneaba y gritaba, aunque hoy no sabemos su paradero. Al instante pensé que tal vez sí había logrado sus deseos: hacer ver a la gente que la Iglesia y el fanatismo pueden ser mortales y que la vida debe seguir adelante, aun si los dioses existiesen. De igual forma, todos los peregrinos cantantes que llegaron hoy, día de la Virgen de Guadalupe, a la basílica encontraron las cenizas de la pintura de la deidad y parte del recinto chamuscado; así como miles de otras personas, que habían visto a la Virgen con sus propios ojos, afirmándoles que el clero no era necesario.

Casi ningún periódico cubrió nada acerca de los daños o las consecuencias del fuego causado por Tonantzin en la basílica. Solo La Jornada escribió una nota periodística en la que lamentaba las muertes de dos mujeres cuando la vitrina de la pintura les cayó encima; así como la trágica incineración de los sacerdotes, ironizando con respecto al periodo colonial, cuando la quema de herejes por el clero estaba de moda.

Varios obispos y cardenales del mundo entero llamaron demonios a las apariciones de las tres deidades ocurridas el 11 de diciembre. Engendros con influencia de Satanás que habían manipulado la verdad sobre la religión católica. Comenzaron las divisiones entre la población, que se preguntaba si Tonantzin, la Virgen María y Guadalupe eran reales o no, argumentando algunos que el diablo pudo tomar esas formas para llevarnos al camino del mal. Otros, que habían sido un punto de inflexión para que la humanidad tomara una dirección diferente hacia el bien.

Ni el sábado 12 ni el domingo 13 de diciembre hubo declaraciones del Vaticano respecto a los sucesos del viernes en la noche. A pesar de la presión de la comunidad internacional, el papa parecía no tener un discurso apropiado que refutara lo que había dicho una virgen embarazada.

Cuando llegó Navidad a casi todos nos dieron síntomas del virus SARS-CoV-2. Clara y su familia, por suerte, nunca presentaron nada; increíble que ellas no se hayan contagiado. Luis y Andrea resultaron ser asintomáticos, lo que fue una bendición para ambos; se hicieron pruebas que resultaron positivas, pero no presentaban ninguna molestia. Los padres de ambos estuvieron en cama un par de días y se sentían muy débiles, según ellos me contaban, pero nada grave. Únicamente el padre de Andy tuvo algunas complicaciones que lo llevaron al hospital; por fortuna, salió del nosocomio para finales del 2020. En cuanto a Miranda y su familia, todos tuvieron fiebre que rebasaba los 39° Celsius. Ninguno llegó al hospital por problemas respiratorios, mas tuvieron que pedir ayuda al resto de su familia para que los cuidaran; todos se recuperaron salvo su mamá, quien falleció a mediados de enero de 2021. El funeral de su madre fue el segundo fin de semana del nuevo año. Miranda me contó que sentía como si ella misma hubiese asesinado a su madre, trayendo a casa lo que la mató.

En lo que a mí respecta, solamente mi papá y yo nos contagiamos en la familia, ni Ita ni mamá, tampoco Rebeca, se enfermaron. A mí se me presentaron síntomas durante el cumpleaños de mi tía Erika el 26 de diciembre. Me sentía muy caliente a pesar de que el invierno ya había comenzado, y tuve tos seca intensa. Me llegaba a doler cuando tosía; la tos seca se parecía a la de un can y, cuando ocurría, el mismo aire raspaba el tracto respiratorio. Me recuperé por las mismas fechas que Miranda y su padre. Por otro lado, y para gran suerte, mi papá no presentó síntomas. El 28 de diciembre fue a hacerse una prueba que resultó positiva, aunque él seguía tan campante como siempre.

Eso solo fue una pequeña muestra de lo que ocurrió en mi contexto. En el ámbito nacional, para enero las muertes llegaron a 175 000 en México, duplicándose el número de contagios en tan solo dos semanas y media. Todo el país volvió a semáforo naranja y algunos estados de la República a rojo. Este rebrote había sido por los contagios ocurridos durante la semana religiosa guadalupana: casi 8 millones de seres humanos acudieron a la Villa, entre el 9 y el 12 de diciembre.

Después de dos semanas de los festejos navideños, el mundo entero experimentaría un incremento significativo en los contagios y muertes por coronavirus. No comparables con el número de muertes por enfermedades crónicas o por precariedad sanitaria en países tercermundistas, obviamente.

Diciembre y enero fueron fríos en general. Lo único que daba algo de calor era la tensión generada por los sucesos del 11 de diciembre. Desde el día 16 comenzaron conflictos en

todo el mundo, pleitos acerca de la veracidad de las apariciones, de la confiabilidad de las palabras de los númenes, de la
razón que tenían. Hubo bastante discordia en torno al tema
Iglesia-religión, en todo el globo, principalmente en Latinoamérica y en México.

El Vaticano no se pronunció hasta el 24 de diciembre,
cuando lo hizo solo para reforzar los ideales de la natividad
de Cristo, su pureza y la necesidad de continuar con las tradi-
ciones; así como para exhortar a que rezaran para que la
pandemia de SARS-CoV-2 finalizara con prontitud. El papa
declamó discursos similares en año nuevo y en el día de los
reyes magos.

A partir del año 2021, frente a edificios religiosos de cualquier tipo, frente a templos de todo el mundo, en las catedra-
les y basílicas católicas y cristianas de América y Europa centro occidental; en mezquitas turcas, árabes y de otros países
de Oriente cercano; en sinagogas de Oriente cercano y Estados
Unidos; en templos hindúes de Bombay, Calcuta, Nueva Delhi
y otras partes del subcontinente indio, millones de personas,
en su mayoría jóvenes de entre 15 y 30 años, salieron a las
calles a manifestar con pancartas en todos los idiomas imagi-
nables en la tierra: «Año nuevo, nuevo mundo, mundo sin
Iglesia». «Abajo la Iglesia, vivan los dioses». «Ustedes no son
necesarios, salgan de la Iglesia». Se crearon diversos movimientos anticlericalistas.

De igual modo, para cada religión surgieron contramovi-
mientos que protestaban en favor de la Iglesia. En contra de
los anticlericalistas, los clericalistas. En varias ocasiones hubo
violencia entre los partidarios de ambas posturas. Por ejemplo,
a inicios de febrero hubo cerca de 40 heridos por peleas en el
Zócalo capitalino entre el grupo clericalista *No hay Dios sin
pastor* y el anticlericalista *Sin intérpretes de la verdad.* Algo
radicales ambos, los primeros conferían más autoridad a la

Iglesia que al propio Dios, mientras que los segundos estaban abiertos a una nueva forma de religión sin clero, mas con una idea demasiado fanática de su divinidad, colocándola en el centro del universo al modo de que todo gire alrededor de ella.

Finalmente, surgió el grupo guadalupeño. En la primavera de 2021, una pareja en sus treinta afirmaba que, en un sueño, al señor Paredes y a la señora Del Castillo se les presentó la Virgen de Guadalupe idéntica a como se había presentado el 11 de diciembre, dándoles instrucciones de cómo hacer una nueva pintura de ella para que no olvidaran que no hay necesidad de Iglesia y se debe trabajar duro para salir adelante.

La Asociación Guadalupeña, como ellos se hacían llamar, ganó mucha popularidad en solo tres meses en la capital mexicana. Construyeron un centro de comunicaciones en la colonia Mixcoac, al sur de la ciudad, donde podía ir la gente a hablar directamente con la Virgen para contarle sus problemas y esperar respuesta de ella sin intermediario alguno. Usaban algunas canciones acerca de la Virgen de Guadalupe, pero ninguna que involucrara los sucesos de Juan Diego y las apariciones.

Un día fui por curiosidad. Era un edificio bastante moderno, aunque con la arquitectura de una iglesia clásica. Al entrar, había un gran pasillo con bancas y lo primero que se veía al fondo del lugar era una pintura de alrededor de 1 metro de alto por 70 cm de ancho, pintada por la pareja Paredes Del Castillo, y encima una gran estatua de arcilla coloreada de la Virgen de Guadalupe. Había una gran cantidad de rosas, de todos los colores, adornando el recinto, y también bancas donde la gente se sentaba en silencio y miraba al frente, orando únicamente. A la derecha e izquierda del colosal pasillo había diversas cabinas pequeñas con estatuillas de la virgen en diferentes posiciones: con los brazos hacia arriba, a los lados, cruzados, tocándose el vientre, etcétera. Parecían confesionarios incrustados en la pared.

Realmente me parecía un poco triste, ¿ya se les había olvidado que los dioses no harían nada nunca por nosotros? ¿Por qué contarle tus problemas y peticiones a alguien que no te ayudará? Apruebo la catarsis, pero no la dependencia.

El techo era cristalino con soportes de aluminio, un domo que iluminaba todo el lugar con luz natural. Aunque también vi que tenía dobladas unas cubiertas de tela semitranslúcidas, que se movían a control remoto. Imagino que se cierran en días de mucha radiación solar.

Me acerqué a admirar una de las estructuras en la pared, similares a los confesionarios, y una mujer con ropa común y corriente, que llevaba una capa verde con estrellitas, tal como la de la Virgen, me dijo bajo su cubrebocas color esmeralda:

—¿Quieres hablar con la Virgen? Solo son 50 pesos. Ella te puede escuchar para que te sientas mejor.

Le dije «no, muchas gracias», bajo mi cubrebocas blanco. En un primer momento me resultó estúpido, puesto que también podía hacerlo gratis en las bancas del centro. Me di la vuelta y vi que junto a la entrada había una tiendita de recuerdos, o eso parecía. Cuando salí por la puerta, un señor mayor con cubrebocas me ofreció estampitas, relicarios, textiles y hasta una gorra que decía: *Yo soy guadalupeño*. No compré nada y volví a casa.

Con el paso de los meses había cada vez más guadalupeños y ocurrieron discusiones entre el obispado mexicano y los líderes de la Asociación Guadalupeña. El nuevo grupo predicaba ideas modernas de la última aparición de la virgen morena, tergiversando algunas cosas (como el hecho de que somos padres e hijos de los dioses), pero ganándose el apoyo de las masas con la inclusión de mujeres en los altos rangos de la asociación iniciada por la pareja Paredes Del Castillo. De igual modo, promovían la educación laica y de calidad en toda la nación. Ayudaron también económicamente a algunas protestas de indígenas en el sur del país. Por increíble que parezca, la asociación promovía la lectura y el aprendizaje científico y cultural en niños, niñas, mujeres y hombres, así como el trabajo duro y el empeño. Tenían también la labia suficiente para obtener muchísimas donaciones y seguir enseñando.

La Iglesia Católica les ofendía por todos los medios de comunicación. Cuatro fanáticos católicos, en septiembre de 2021, entraron al edificio guadalupeño en Mixcoac con armas y dispararon contra los que estaban enfrente. Fallecieron aproximadamente veinticuatro mujeres y hombres, y diez niños. Posteriormente, a principios de octubre, un radical guadalupeño lanzó una granada a la iglesia de San Diego, en Guanajuato, un domingo a mediodía durante una misa. El edificio quedó destruido y alrededor de cincuenta personas murieron, tanto por la explosión como por el derrumbe del templo.

El punto de quiebre fue en noviembre de ese año, cuando la pareja fundadora de los guadalupeños solicitó al Vaticano que La Villa les perteneciera. Fundamentando sus exigencias con argumentos como los de educar a la población, dar el verdadero mensaje que la diosa quiso decir, poner una pintura en la basílica que tenía un origen real, no como la última. Por supuesto, el clero católico dio una respuesta negativa inmediata. Resultaba agobiante ver noticias, puesto que los noticieros se encontraban divididos y algunos apoyaban y otros reprobaban con premisas interminables lo que los guadalupeños reclamaban a la Iglesia católica.

Sospechaba yo entonces que la razón por la que se peleaba ese lugar no era enseñar la verdad, sino las limosnas que ese complejo producía anualmente. México es uno de los países que más dinero aporta a la banca vaticana y la mayor cantidad de donaciones se realizan durante el festejo guadalupano, desde hace medio milenio aproximadamente.

Llegó el 10 de diciembre y en la plaza Mariana comenzaban a llegar los peregrinos. Entre la multitud había personas vestidas con cualesquiera prendas, pero con mantas verdes estrelladas. Los guadalupeños estaban entre la multitud, recogiendo limosnas, enseñando, cantando, convenciendo a más gente de que La Villa debía dejar de ser de la Iglesia, mal de todos acorde a la virgen, y pertenecer a quienes enseñan lo correcto: comunicarse con ella.

Durante esos días hubo mucha violencia en la plaza Mariana. Juntos se encontraban, gritándose y agrediéndose unos a otros y clamando todos tener la razón, los movimientos anticlericales, clericales, católicos, guadalupeños y quienes afirmaban que los sucesos de hace un año eran patrañas del propio demonio. Algo peor que el actual Jerusalén, donde hoy conviven judíos, católicos y musulmanes. La Villa esos días, principalmente la Basílica de Guadalupe, parecía un campo de batalla peleado por todos, como si fuera el centro del mundo, tal como Constantinopla en su época.

Pasó un año y no sabría decir si las cosas habían mejorado o empeorado. Solo hasta entonces vi que el plan de la maestra de historia, aunque interesante en su contenido y realizado inconscientemente por la Virgen de Guadalupe, carecía de proyección a largo plazo. Caería la iglesia, pero… ¿ahora qué? No creo que las diosas se hubieran imaginado que una hierba con otro nombre habría de crecer para agravar las cosas.

Me preguntaba yo si, así como en las noticias se veían enfrentamientos en la Plaza Mariana debido a los dioses, durante la Conquista Tonantzin vio tanta o, de hecho, más violencia por ver quiénes tenían la razón y el poder; lo que en primer lugar la hizo convertirse en una figurilla de ridículo peso.

Si hoy también nos pudiera ver, ¿sufriría una vez más? Tal vez ya estaba de nuevo petrificada en algún lugar de México, llorando por sus padres.

A manera de epílogo

Todos los personajes de esta obra son reales y significan mucho para mí, pues cada uno de ellos me ha enseñado y querido indescriptiblemente. Mis amigos y familiares han ayudado a formarme hasta hoy, por lo que les doy este pequeño presente; principalmente a mi familia, a quien adoro con todo el corazón.

Cierto que no podría incluir aquí a todas las personas que conozco, porque de hacerlo la historia no terminaría. No obstante, agradezco a todas aquellas que me han hecho cada día mejor.

Tuve mucha ayuda de algunos personajes para que la obra viera la luz: motivación, corrección; mejoramiento de algunas partes, que de repente podían ser confusas, etcétera. Con ellas sigo endeudado, pues no habrá manera de pagarles.

Aparte, quiero también agradecer el trabajo de la UNAM por crear la plataforma conocida como el Gran Diccionario Náhuatl, que me resultó de inconmensurable ayuda para las expresiones en dicha lengua que aparecen en este libro.

Finalmente, deseo al lector de esta novela que le haya gustado la historia y, muy importante, se haya dado un momento para reflexionar de algunas cuestiones que se plantean a lo largo de la aventura, pues el pensamiento crítico es algo que escasea cada vez más. Hoy invito al lector a meditar más acerca de cuestiones delicadas que podrían modificar la vida propia radicalmente o, al menos, la manera de ver el mundo.

Las cifras correspondientes a los casos de coronavirus no son exactas, puesto que el recinto cultural de La Villa donde se encuentra la Basílica de Guadalupe estuvo cerrado al público durante los días festivos del año 2020. Por otro lado, aunque Ciudad de México no se encontraba en semáforo verde para esas fechas, quise utilizar esas condiciones hipotéticas para que esta obra se desarrollara. La puesta en práctica y el cumplimiento de estas y otras medidas frente a la COVID-19 pospusieron un crecimiento gigante de contagios y muertes.

Títulos de narrativa

Higthon. El arma perfecta (Eva Moncluth Castañeda
y María Florencia Villaro)
Pisando serpientes (Ricardo Celis)
El lado oscuro de la sombra y otros ladridos (José Baroja)
La tierra que la vio nacer (Jacqueline Hernández Medina)
Encuentros con alienígenas en los Andes
(Roger Idelfonso Huanca)
Bosque oscuro (José Hernández González)
La música como la conozco (Juan Carlos Molina)
Pablo: una vida, una mujer, una oportunidad
(Arlis Milán Mosquera)
¿Qué pasará cuando regrese? (César Medina)
Gandhi en cuarentena (Francisco Sáenz Ráez)
Él, unicornio (Emmanuel Solano)
Gente de valijas (Wilson Charry)
Peligrosa ingenuidad (Alberto Romero)
Borealis (R. York)
Las armas de la luz (Rafael Cánepa)